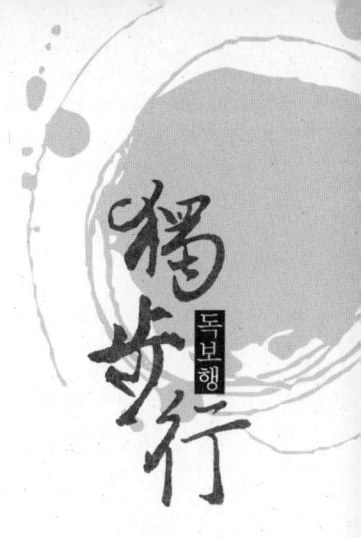

獨步行 독보행

임영기 新무협 판타지 소설

FANTASTIC ORIENTAL HEROES

독보행 4
임영기 新무협 판타지 소설

초판 1쇄 찍은 날 § 2013년 3월 22일
초판 1쇄 펴낸 날 § 2013년 3월 28일

지은이 § 임영기
펴낸이 § 서경석

편집부장 § 권태완
편집책임 § 박가연
디자인 § 신현아

펴낸곳 § 도서출판 청어람
등록번호 § 제1081-1-89호
등록일자 § 1999. 5. 31
어람번호 § 제2-2321호

주소 § 경기도 부천시 원미구 심곡2동 163-2 서경B/D 3F (우) 420-822
전화 § 032-656-4452팩스 § 032-656-4453
http://www.chungeoram.com
E-mail § chungeorambook@daum.net

ⓒ 임영기, 2013

ISBN 978-89-251-3236-5 04810
ISBN 978-89-251-3153-5 (세트)

※ 파본은 구입하신 서점에서 교환하여 드립니다.
※ 저자와 협의하여 인지를 붙이지 않습니다.
※ 이 책은 도서출판 청어람과 저작자의 계약에 의해 출판된 것이므로,
  무단 전재 및 유포·공유를 금합니다.

4

무정강호(無情江湖)

獨步行
독보행

임영기 新무협 판타지 소설

FANTASTIC ORIENTAL HEROES

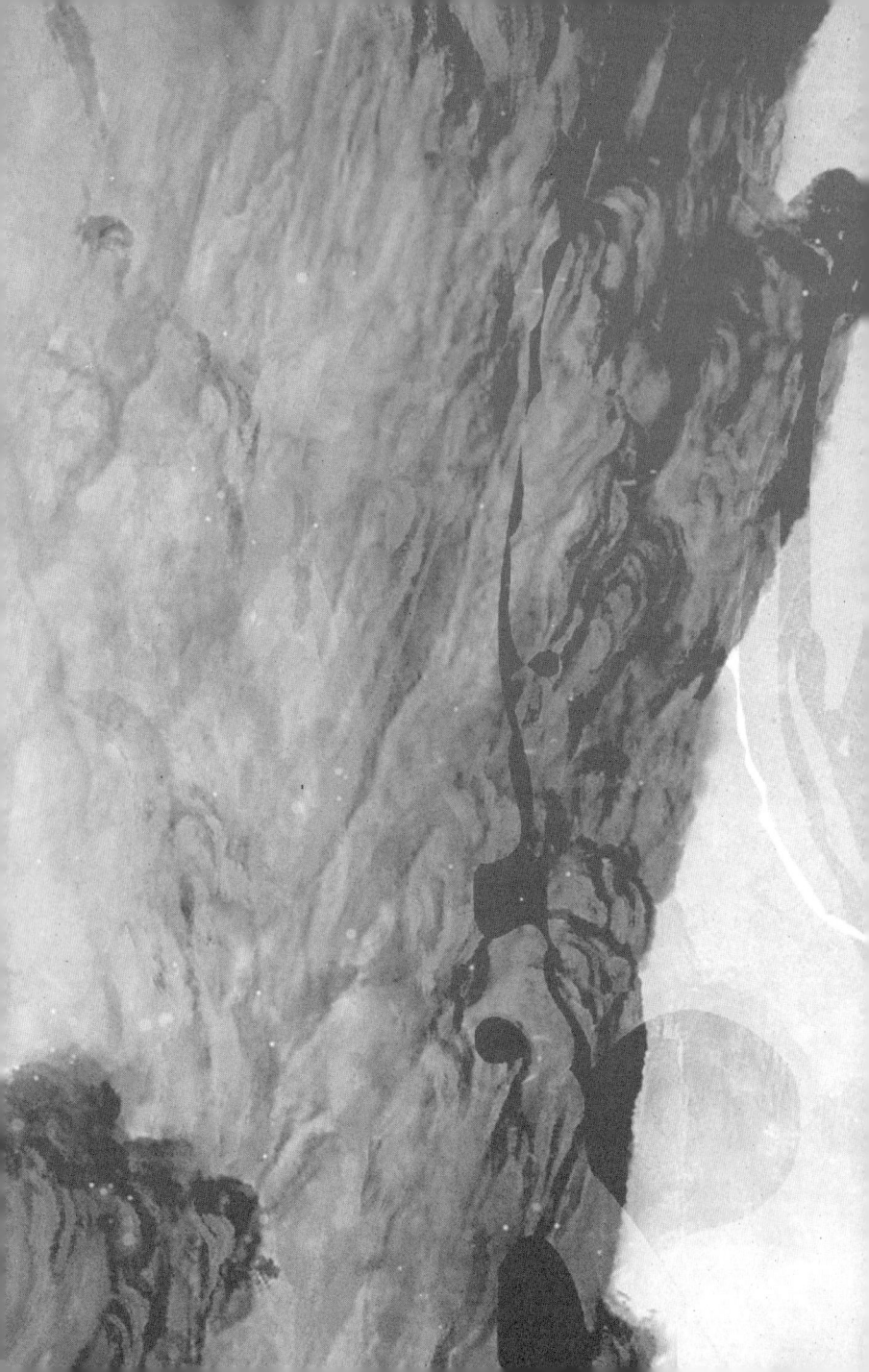

제33장	녹슨 검	7
제34장	환두대도(環頭大刀)	33
제35장	선상도륙(船上屠戮)	61
제36장	미친년	85
제37장	한줄기 희망	109
제38장	무당파(武當派)	133
제39장	속가제자(俗家弟子)	165
제40장	남행(南行)	189
제41장	불끈거리다	213
제42장	그림자가 되리라	237
제43장	최악의 참패	263
제44장	추악한 세상	291

第三十三章
녹슨 검

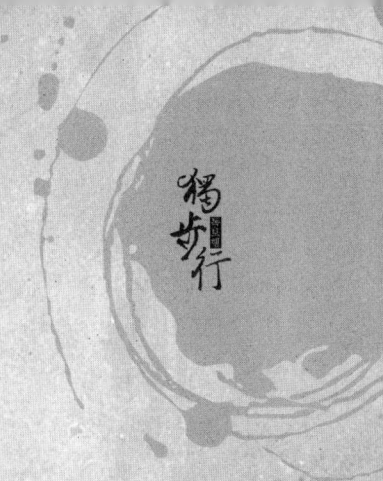

 이러다가는 대무영이 후선을 다 때려잡게 생겼다.
 마학사가 천하 곳곳에 숨어 있는 후선들을 어떤 방법으로 찾아내는지 신기했다.
 그는 끊임없이 후선이나 그 아래 등급 패령에게 단목검객의 전신을 팔아치웠다.
 그리고 전신을 산 후선과 패령들은 역시 끊임없이 대무영의 앞길에 차례로 나타나 대결을 원했다.
 보통 열 명 중에서 후선이 팔구 명이고 패령이 한두 명 꼴이다.

대무영은 집을 떠난 지 보름 만에 외방산(外方山)과 표지만산(彪池曼山)을 연달아 넘었는데 그때까지 스물두 명의 도전자와 싸워서 모두 이겼다. 그중에서 후선은 열아홉 명이었고 패령이 세 명이었다.

외방산과 표지만산은 붙어 있으며 남북의 길이가 무려 사백여 리에 달한다.

대무영은 그리 바쁠 게 없으므로 걸어서 사백여 리 산길을 남북으로 관통했으며, 도전자 스물두 명 전부를 산중에서 맞이해 싸웠다.

스물두 명 중에서 예의를 갖춘 도전자 여섯 명을 살려주었으며, 나머지 급습을 하거나 난폭하며 예의가 없는 십팔 명을 모두 죽였다.

마학사는 소매곡의 고수들이 쟁천증패가 없다고 판단하여 쟁천증패가 없는 자에겐 대무영의 전신을 팔지 않았다.

지금 대무영의 봇짐 속에는 스물두 개의 후선증패와 패령증패가 묵직하게 들어 있다.

마학사는 그것들을 남소현(南召縣)의 광명루(光明樓)라는 곳의 루주에게 맡겨두라고 말했었다.

대무영은 이곳까지 오면서 이양현과 숭현(嵩縣) 두 곳을 지났으나 그곳에서는 자신에게 덤벼드는 강호인을 한 명도 만나지 못했었다.

마학사는 강호인들이 그의 모습을 많이 알아볼테지만 덤벼들지 않을 것이라고 말했었다.
 이유는 대무영이 군주이기 때문에 감히 군주에게 덤벼들 고수가 거의 없다는 것이다.
 마학사는 강호에 대해서 모르는 것이 없으며 그의 예측은 한 번도 빗나간 적이 없었다.
 대무영은 이제쯤 군주 위의 등급인 존야에 도전하고 싶지만 그럴 기회가 없다.
 도대체 어디에서 존야를 만날 수 있을지 짐작조차 하지 못하는 상황이다.
 그러고 보면 그가 단월도군을 죽여서 군주가 된 것은 실로 운이 좋았었다.
 그런데 이제 생각해 보니까 그것은 우연이 아니었다. 단월도군이 마학사를 죽이려다가 대무영에게 죽은 것이다. 즉, 마학사하고 연관이 돼야지만 쟁천십이류들을, 그것도 높은 등급을 만날 확률이 높다는 뜻이다.
 강호에서 마학사를 '죽음의 전령사'라고 부른다는 말이 맞는 것 같았다.
 그의 주위에는 언제나 죽음의 기운이 짙게 깔려 있다. 그와 연관되는 자들은 죽는다.
 그가 전신을 팔아서 싸움을 붙여주기 때문이다. 도전자든 도전을 받는 자든 언젠가는 죽을 것이다.

그렇게 따진다면 대무영도 이런 식으로 마학사하고 연관이 되어 계속 도전자들을 받다가는 언젠가 죽을 수도 있다는 뜻이다. 세상의 일이란 한 치 앞도 알 수 없는 것이다.

그렇지만 대무영은 그런 것에 대해서는 그다지 신경을 쓰지 않았다.

군주쟁패를 노리고 도전하는 자들에게는 죽지 않을 자신이 있기 때문이다.

대무영이 남소현에 도착한 시각은 해가 지고 어두워지기 시작할 때였다.

남소현은 표지만산 동남쪽 압하(鴨河) 상류에 위치해 있으며, 인근 백여 리 이내에 다른 현이나 마을이 없기 때문에 꽤나 번성한 편이었다.

대무영은 표지만산에서 발원하는 압하를 따라서 산을 내려가고 있는 중이다.

남소현에 도착하면 사람들에게 물어서 광명루라는 기루를 찾으리라 생각했다.

그러나 그럴 필요가 없게 되었다. 남소현으로 들어가는 길목의 압하 강변에서부터 여러 채의 기루가 처마를 맞대고 늘어서 있는 광경이 눈에 띄었다.

그는 우선 광명루에 들러서 루주에게 스물두 개의 쟁천중패를 맡기고 또한 마학사의 전갈을 들은 후에 주루에서 식사를 하고 객잔을 찾아 쉬기로 마음먹었다.

이곳 기루들도 낙양 하남포구의 낙수천화처럼 이른 저녁부터 기녀들이 기루 앞에 나와서 호객을 하고 있는 풍경이라서 그에게는 낯설지 않았다.

대무영은 기녀들을 뿌리치면서 걷다가 중간쯤에서 광명루를 어렵지 않게 찾았다.

그가 광명루 입구로 다가가자 세 명의 기녀가 앉거나 서 있다가 우르르 그에게 다가오며 갖은 교태를 다 부리며 호객을 했다.

그러나 그녀들은 곧 광명루 입구에 서 있던 한 명의 중년여인의 호통에 쫓겨 갔다.

약간 통통한 몸집에 인자한 인상을 지닌 중년여인은 대무영 앞에서 두 손을 맞잡고 허리를 굽혔다.

"어서 오세요. 기다리고 있었어요."

"내가 누군지 아시오?"

기다리고 있었다는 말에 대무영이 묻자 중년여인은 나이와 몸집에 어울리지 않게 눈웃음을 쳤다.

"대무영 상공 아니신가요?"

"맞소만."

"루주께서 기다리고 계세요. 안으로 드시죠."

광명루는 여러 채의 건물로 이루어졌는데 대무영은 뒤쪽 강 언덕의 아담한 이층 별채로 안내되었다.
잠시 후에 이십칠팔 세 가량의 산뜻한 옷차림을 한 여인이 긴 치마를 끌면서 들어왔다.
"처음 뵙겠어요. 적아(寂雅)라고 합니다."
키가 크고 늘씬한 체구에 갸름한 얼굴 윤곽, 눈매가 거무스름하며 우수에 젖은 듯한 눈빛을 지닌 미모의 여인은 두 손으로 치마를 붙잡고 깊이 허리를 굽혔다.
대무영은 기녀들을 많이 봤지만 적아라는 여인은 조금도 기녀답지 않았고 오히려 고결한 기품이 흘러나왔다.
더구나 그녀의 목소리는 촉촉하게 젖은 듯해서 마치 이슬비가 살포시 내리는 것 같았다.
"주인어른께서 상공을 극진하게 모시라는 분부가 계셨으니 부디 편히 쉬시기를 바랍니다."
"주인어른이라니? 마노(魔老)를 말하는 것이오?"
대무영에게 글을 가르치는 유조가 마학사를 그렇게 부르라고 귀띔을 해주어서 불러봤는데 마학사는 흐뭇한 미소를 지으며 마노라는 호칭을 좋아하는 것 같았다.
적아는 우수에 젖은 듯한 눈을 깜빡이며 흥미를 보였다.

"마노란 마학사 어르신을 말씀하시는 건가요?"

"그렇소."

"네, 맞아요. 그분께서 주인어른이십니다."

대무영은 호기심이 생겼다.

"주인어른이라는 것은… 마노가 이곳 광명루의 주인이라는 것이오?"

"그래요. 그분께선 기루와 주루, 객잔 등을 여러 개 갖고 계신답니다."

"하아……."

대무영은 마학사에 대해서 처음 알게 된 사실에 놀랍고도 흥미가 생겼다.

마학사는 벌어들인 돈으로 기루와 주루, 객잔 등을 운영하는 것 같았다.

그제야 대무영은 그가 그토록 열심히 돈을 벌어서 무엇을 할까라는 의문이 생겼고 의문은 생기자마자 풀렸다. 벌어들인 돈으로 기루 따위를 운영하여 또 돈을 벌고 있었다. 그야말로 안전한 투자다.

"그러니까 그대 적아는 이곳 광명루의 루주로군."

"그런 셈이죠."

그녀는 우아한 동작으로 한쪽의 문을 가리키며 곱게 미소지었다.

"저기가 목욕실이에요. 우선 목욕부터 하시면 저녁식사를 준비하겠어요."

"우선 이걸 받으시오."

대무영은 봇짐에서 스물두 개의 쟁천중패가 담긴 묵직한 주머니를 꺼내 그녀에게 내밀었다.

"고생하셨어요. 어서 목욕하세요."

"알았소."

대무영이 고개를 끄떡이고 그녀가 가리킨 문으로 향하는데 뒤에서 그녀의 촉촉한 목소리가 들렸다.

"상공께 추호라도 소홀했다가는 제가 주인어른께 몹시 혼난답니다. 그 점 명심하시어 부디 접대를 뿌리치지는 말아주세요."

"알았소."

마학사가 그렇게까지 신경을 써주었다니 대무영은 흡족하게 고개를 끄떡이고 목욕실로 들어갔다.

목욕실 안은 꽤 넓었다. 한쪽에 커다란 가마솥이 놓여 있는데 뜨거운 물이 가득 담겨 있었다.

또한 탁자와 의자, 그리고 무늬가 고운 나무로 만든 침상도 구비되어 있었다.

뜨거운 물로 목욕을 하고 나서 노곤하면 의자에 앉거나 침상에 누워서 쉬라는 뜻 같았다.

타닥탁…

뜨거운 물이 가득 담긴 커다란 가마솥 아래에서 모닥불이 튀는 소리가 들리는 것으로 미루어 가마솥 아래에서 직접 불을 지펴 물을 데우는 듯했다.

대무영은 목검을 풀어 나무 침상 위에 얹고 목비수들을 꺼내 목검 옆에 가지런히 놓았다.

이어서 옷을 활활 벗고 계단을 밟고 올라가 가마솥 안에 몸을 담갔다.

너무 피곤한 상태에서 뜨거운 물에 몸을 담그니까 잠이 솔솔 와서 깜빡 잠이 들었다.

그러나 잠시 후에 무슨 기척을 느끼고 잠이 깨서 문 쪽을 쳐다보다가 깜짝 놀랐다.

한 명의 소녀가 실오라기 하나 걸치지 않은 전라의 몸으로 문을 열고 안으로 막 들어서고 있었기 때문이다. 헛것을 봤나 싶어서 눈을 비비고 다시 봤지만 틀림없이 전라의 소녀가 거기에 있었다.

"누구요?"

"앗!"

당황한 대무영이 약간 몸을 일으키면서 묻자 소녀는 보기에도 민망할 정도로 화들짝 놀라며 급히 문을 닫았다.

소녀는 가늘게 몸을 떨면서 몹시 겁에 질린 표정으로 고개를 숙였다.

"소녀는 소연(素淵)이라고 합니다. 상공을 모시라는 분부를 받았습니다."

모기 소리처럼 가느다랗게 말하는 목소리마저도 와들와들 떨고 있었다.

대무영은 단호하게 손을 저었다.

"필요 없으니 나가시오."

순간 소녀 소연의 얼굴에서 핏기가 싹 사라지면서 안색이 하얗게 질렸다.

이제 겨우 십오륙 세밖에 안 되어 보이는 소녀는 가녀리고 아담한 체구에 몹시 귀여운 외모를 지녔다.

대단한 미모를 지녔으면서도 그보다는 귀여운 인상이 훨씬 강했다.

아마도 아직 어리기 때문인 것 같았다. 이삼 년만 더 지나면 절세미녀가 될 용모였다.

풀썩…….

"제발……."

그런데 소연이 갑자기 무너지듯이 무릎을 꿇더니 대무영을 바라보며 눈물을 글썽였다.

"제발 소녀를 쫓아내지 마세요. 상공을 모시지 못하면 소녀는 죽어요……."

난데없는 말에 대무영은 어리둥절했다. 자기를 모시지 못하는데 어째서 저 소녀가 죽는다는 말인가.

"흑흑… 단지 상공을 모시는 것뿐이에요. 그것에 소녀의 목숨이 달려 있으니 부디 내쫓지만 마세요."

"내가 루주에게 말하면 괜찮을 테니 일단 나가시오."

"그러시면 안 돼요……. 상공께서 그런 말씀을 하시는 것만으로 소녀는 죽습니다… 제발……."

소연이 몸을 떨면서 애처롭게 흐느끼자 채 덜 영근 자그마한 젖가슴이 흔들렸다.

대무영은 벌거벗은 몸이라 가마솥에서 나가지도 못하는 신세라서 난감했다.

더구나 소연은 여기에서 쫓겨나거나 대무영이 루주에게 무슨 말이라도 할라치면 죽음을 당한다고 하니 대무영으로서는 이러지도 저러지도 못하는 상황이다.

소연은 고개를 조아려 이마를 바닥에 대고 가련하게 몸을 떨면서 애원했다.

"제발 미천한 소녀를 불쌍하게 여기시어 상공을 모시게만 해주세요. 그것만이 소녀의 목숨을 구하는 길입니다."

대무영이 보기에 소연은 거짓말을 하는 것 같지 않았다. 아니, 그녀는 거짓말이라는 것 자체를 절대로 할 줄 모를 사람 같았다.

　사연이 어떻게 되었든 간에 소연을 내쫓거나 대무영이 루주에게 말하는 것만으로 소연이 죽음을 당할 것이라니 그런 일만은 벌어지지 않도록 해야겠다고 생각했다.

　"알았소. 그럼 내가 어떻게 하면 되오?"

　고개를 든 소연의 눈물로 얼룩진 얼굴에 꽃봉오리가 피듯 화사한 미소가 번졌다.

　"상공께선 그저 소녀가 하는 대로 맡겨주시면 됩니다."

　대무영은 떨떠름한 표정을 지었다.

　"무엇을 할 거요?"

　"상공께 시중을 드는 것입니다."

　무슨 시중을 어떻게 드느냐고 물으려다가 너무 꼬치꼬치 캐묻는 것 같아서 그만두었다.

　"상공께 청이 있습니다."

　소연은 애절한 눈빛으로 대무영을 우러러보며 구슬프고 호소력 있는 목소리로 말했다.

　"말해보시오."

　"상공께서 광명루를 떠나시기 전까지 절대 소녀를 내쫓지 말아주세요."

　대무영은 이왕지사 소연을 용인하기로 마음먹었으므로 고개를 끄떡였다.

"알겠소."

벌거벗은 어린 소녀가 목욕실 안에 함께 있는 것이 좀 께름칙했으나 얼른 옷을 입고 밖으로 나가면 될 것이라고 편하게 생각했다.

그런데 소연이 살며시 일어나더니 사뿐사뿐 가마솥으로 걸어오는 것이 아닌가.

마치 잔잔한 호수 위에 떠있는 연꽃잎을 즈려밟는 듯한 걸음걸이다.

'설마……'

문득 대무영은 불길한 예감이 들었다. 그리고 그 예감은 곧 적중했다. 항상 불길한 예감은 잘 적중하는 편이다.

소연은 가마솥 위로 뻗은 나무계단을 하나씩 딛고 올라오기 시작했다.

"무… 얼 하려는 것이오?"

"상공을 씻겨드리겠어요."

"나… 나는 혼자 씻을 수 있소……. 으헛!"

갑자기 대무영은 두 손을 마구 젓다가 눈이 튀어나올 만큼 놀라고 말았다.

어느덧 나무계단 꼭대기까지 올라온 소연이 다소곳이 서 있는데, 아래쪽에 있는 그의 시야에 하필이면 소연의 약간 벌리고 있는 두 다리 깊숙한 은밀한 곳이 또렷하게 보였기 때문이다.

아직 무성하지 않은 노란 솜털이 보송보송한 그곳에 약간 도톰한 언덕과 줄을 그어놓은 듯한 매끄러운 계곡이 자리하고 있었다.

당황해서 황급히 고개를 돌렸는데도 그 짧은 순간에 이미 볼 건 다 본 상태다.

여자의 가장 은밀한 곳을 이렇게 가까운 거리에서, 그것도 다리를 약간 벌리고 서 있는 자세에서 보다니, 대무영은 머리가 어질어질했다.

그러다가 그는 갑자기 정신이 번쩍 들어서 자신을 심하게 꾸짖었다.

'정신 차려라, 대무영. 이 아이는 옥아하고 비슷한 나이의 어린 소녀가 아니냐?'

집에 있는 청향의 막내여동생 청옥은 열다섯 살이고 대무영을 친오빠처럼 잘 따른다. 대무영이 보기에 소연은 청옥하고 비슷한 나이 같았다.

"어서 내려가라!"

대무영은 소연을 외면한 채 나직이 호통을 쳤다. 그녀를 청옥하고 비슷한 나이라고 생각하니까 자연스럽게 하대를 하게 되고 꾸짖을 수도 있었다.

슥…….

그런데 대무영의 귓전으로 미약한 소리가 들렸다. 슬쩍 돌아보니까 소연이 가마솥 안으로 한 마리 인어처럼 스르르 미끄러져 들어오고 있었다.

"너……."

"소녀는 상공의 시중을 들어드리려고 왔어요. 거절하시면 소녀는……."

소연은 대무영 앞에 마주보고 목까지 물에 담근 상태에서 또다시 간절한 표정을 지었다. 뒷말은 들어보지 않아도 죽는다는 말일 것이다.

"하지만 이것은……."

"단지 상공을 씻겨 드리는 것뿐이에요."

"음!"

"돌아앉으세요. 등을 밀어드릴게요."

소연은 자신의 몸보다 두 배 이상이나 큰 대무영의 몸에 고사리 같은 손을 대고 살며시 밀었다.

"아… 알았다."

대무영은 엉거주춤 돌아앉았다. 소연은 작고 여린 두 손을 내밀어 부드럽게 그의 등을 쓰다듬었다.

"어머……."

"왜 그러느냐?"

등을 쓰다듬던 소연이 나직한 탄성을 터뜨리자 대무영은

의아한 얼굴로 물었다.

"상공의 몸이 바위처럼 단단해요. 게다가 흉터가 너무 많이 있어요."

"하하… 별것 아니다."

등을 쓰다듬는 소연의 손이 가늘게 떨리는 것을 느끼고 돌아보니 그녀는 눈물을 흘리고 있었다.

"왜 우느냐?"

"상공께서 다쳤을 때 얼마나 아팠을지 생각하니까……."

"이런……."

대무영은 소연이 지나칠 정도로 여리고 순수한 마음을 지니고 있다는 사실에 놀라면서도 가슴이 따뜻해졌다.

"소녀에게 힘이 있다면 아무도 상공을 해치지 못하게 보호해드리고 싶어요."

그녀는 두 팔을 벌려 그의 너른 등을 꼭 안았다. 그녀의 몸은 대무영에 비해서 굵기가 절반에도 미치지 못해서 거목에 매미가 붙어 있는 것 같았다.

"앞으로는 다치지 않게 조심하세요, 네?"

"알았다."

대무영은 소연의 고운 마음씨에 기분이 흡족해졌다. 그래서 그녀를 강제로 내쫓지 않은 것을 잘했다고 생각했다.

이러구러 목욕을 끝내고 나오자 근사한 술자리가 마련되어 있었다.

대무영과 소연, 그리고 광명루주 적아 세 사람은 탁자에 둘러앉아 즐겁게 식사를 하면서 술을 마셨다.

아니, 술은 대무영과 적아만 마시고 아직 어린 소연은 부지런히 대무영의 시중을 들었다.

소연은 대무영의 입안의 혀처럼 굴었다. 마음이 더없이 여리고 순수한가 하면, 대무영이 재미있는 얘기를 하면 목젖이 보일 정도로 깔깔대며 박수를 치며 즐거워했다. 어딜 봐도 천상 어린 소녀의 모습이었다.

"노래 한 곡 불러보세요, 상공."

소연이 두 팔로 대무영의 팔을 가슴에 꼭 안으며 부탁하자 그는 잠시 생각하다가 노래를 시작했다.

―낙수 강물 위에 두둥실 흘러가는 꽃다운 내 청춘아.
처량한 내 신세는 캄캄한 밤중에 사공 없는 쪽배로다.
한겨울이 춥지 않고서는 어찌 봄이 따스하겠느냐마는
우리네 봄은 과연 언제 오려는가―

그가 수적으로부터 해란화와 기녀들을 구해올 때 그녀들이 배에서 불렀던 낙수천화의 노래다.

그녀들이 불렀을 때는 참으로 구슬펐는데 그가 부르자 씩씩하고 명랑한 노래가 돼버렸다.

"무슨 노래예요? 참 좋아요."

소연이 손뼉을 치며 눈을 빛냈다.

"낙수천화의 노래군요. 낙양 낙수천화의 기녀들이 자신의 신세를 한탄하면서 부르는 노래죠."

적아가 고즈넉한 목소리로 대신 대답해 주었다. 그녀는 아는 것이 많았다.

"소녀도 배우고 싶어요. 한 번 더 불러주세요."

소연이 조르는 바람에 대무영은 신바람이 나서 주먹을 쥐고 팔을 흔들면서 계속해서 낙수천화의 노래를 불렀다.

대무영은 엉망진창으로 많이 취했다.

기분이 좋아서 쉬지 않고 마시다 보니까 어느 순간부터 인사불성이 돼버렸다.

그리고 꿈을 꾸었다. 정말 어이없게도 그는 꿈속에서 소연하고 질펀하게 정사를 했다.

소연이 아프다고 고통스럽다고 처절하게 비명을 지르는데도 그는 짐승처럼 그녀를 짓밟았다.

"음……."

아침이 되어 실내가 부옇게 밝아오자 대무영은 잠에서 깨어 눈을 떴다.

그가 깨어나서 가장 먼저 느낀 것은 누군가 자신의 몸을 안고 있다는 사실이다.

소연이었다. 알몸의 그녀가 그의 팔베개를 하고 옆으로 누워서 그의 몸을 꼭 안은 채 잠들어 있었다.

"……!"

그때 문득 대무영은 꿈이 생각났다. 꿈에서 그는 소연을 여러 차례 짓밟았었다.

그런데 지금 그녀가 알몸으로 그의 품에 안겨 있다. 그래서 더럭 불길한 느낌이 들었다.

그는 조심스럽게 소연을 떼어내고 일어나서 앉았다. 그리고 긴장된 표정으로 소연을 똑바로 눕혔다.

순간 그의 눈이 화등잔처럼 커지며 그녀의 하체에 시선이 꽂혀 버렸다.

소연의 하체는 피로 얼룩져 있었다. 특히 소중한 부위는 아예 피범벅이었다.

꿈이 아니었다. 만취한 대무영은 지난밤에 실제로 소연을 짓밟았던 것이다.

그가 아니고는 소연을 이 지경으로 만들 사람이 없다. 더구나 그녀는 그의 품에 안겨서 자고 있지 않았는가.

그는 자신의 하체를 내려다보았다. 그의 음경 역시 피범벅이고 하체도 피투성이였다.

소연의 피다. 그녀의 순결이 짓밟혀서 터뜨린 피로 두 사람의 몸은 피투성이가 되었다.

이불을 걷어보니 요도 이불도 온통 피투성이다. 지난밤에 얼마나 난리를 쳤으면 피가 묻지 않은 곳이 없었다.

"이런 미친놈······."

그는 얼굴을 보기 싫게 일그러뜨리며 스스로에게 짓씹듯이 중얼거렸다.

얼마나 술이 취했기에 포악한 짐승으로 돌변해서 이 순진한 소녀를 강간했다는 말인가.

그 현실처럼 생생했던 꿈속에서 소연이 고통스럽게 울부짖었던 모습이 떠올랐다.

이 조그만 몸뚱이가, 아직 영글지도 않은 음부로 대무영의 활화산 같은 커다란 음경을 받아냈으니 죽지 않은 것이 천만다행한 일이다.

대무영은 헝클어진 머리카락에 얼굴이 덮인 채 새근새근 자고 있는 초췌한 소연의 얼굴을 굽어보았다.

'미안하구나, 연아. 용서해다오······.'

대무영은 도망치듯이 광명루를 빠져나와 길을 떠났다.

차마 소연이 깨어나는 모습을 볼 수가 없었다. 무슨 염치로 그녀의 얼굴을 본다는 말인가. 물론 광명루주 적아나 그 누구도 마주치지 않고 몰래 빠져나왔다.

적아에게 마학사의 전갈을 받아야 하는데 그럴 엄두도 내지 못했다.

그는 한 번도 뒤를 돌아보지 않고 묵묵히 앞만 보고 빠른 걸음으로 걸어갔다.

남소현을 거의 빠져나올 무렵이 돼서야 그는 약간 마음의 안정을 찾았다.

"대인……."

그때 어디선가 소연의 목소리가 들렸다. 급히 쳐다보니 길가에 쪼그리고 앉아 있는 한 소녀의 모습이 보였다. 그 소녀는 말끄러미 대무영을 바라보고 있었다.

"연아……."

대무영은 크게 충격을 받아 일그러진 얼굴로 비틀거리면서 그녀에게 다가갔다.

"나리, 이 칼을 사시겠어요?"

소연하고는 전혀 닮지 않은 남루한 옷차림의 소녀가 자기 앞에 놓인 형편없는 모양의 검을 가리키면서 간절한 표정을 지었다.

소연에게 큰 죄책감을 갖고 있던 대무영은 남루한 소녀를 그녀라고 착각한 것이다.

"나리, 이 칼을 사시겠어요?"

소녀는 똑같은 말을 반복했다. 오래 굶어서 해쓱한 몰골에 얼굴이 누렇게 떠있었다.

예전에 굶기를 밥 먹듯이 했던 대무영은 소녀를 보는 순간 단번에 그것을 알아보았다.

대무영이 검을 굽어보자 한줄기 희망을 느낀 소녀는 두 손으로 힘겹게 검을 들어 올렸다.

"이걸 팔아야 동생들에게 먹을 것을 사줄 수 있어요."

대무영은 소녀의 간절한 얼굴에서 소연의 모습을 보았다. 아니, 굳이 소연이 아니더라도 그는 소녀를 돕고 싶은 마음이 꿈틀거렸다.

그는 소녀 앞에 마주 쪼그리고 앉아서 부드럽게 머리를 쓰다듬었다.

"동생이 몇이냐?"

"둘… 이에요."

"부모님은 계시니?"

"돌아가셨어요."

소녀는 갑자기 울기 시작했다. 그녀가 왜 우는지 대무영은 알 수 있다.

부모의 죽음과 자신의 신세가 기구해서, 그리고 대무영의 따스한 관심이 고마워서 우는 것이다.

대무영은 갖고 있는 돈을 다 털어서 소녀에게 주고 싶었으나 그러지 않았다.

이렇게 어린 소녀에게 큰돈을 줘봐야 사용할 줄도 모르고 그 돈으로 어떻게 동생들을 데리고 살아야 하는지도 알지 못할 것이다.

"이것을 받아라."

대무영은 소녀의 손에 은자 열 냥을 쥐어주었다. 소녀는 찍죄죄한 손을 펴보더니 눈을 휘둥그렇게 떴다. 그녀는 산기슭의 돌투성이 비탈밭에 무엇이라도 심어볼 깜냥으로 개간을 하다가 땅속에서 우연히 캐낸 녹슨 칼을 구리돈 석 냥에 팔 생각이었다.

그녀는 난생처음 만져보는 거금인 열 냥의 은자와 대무영을 번갈아 쳐다보면서 꿈을 꾸는 듯한 표정을 지었다.

"내 말을 잘 들어라."

대무영은 자기가 온 길을 가리켰다.

"이 길로 곧장 가면 여러 채의 기루가 나오는데 그중에서 광명루라는 곳에 찾아가서 루주인 적아라는 여자를 만나라. 그녀에게 대무영이 보내서 왔다고 하면 너와 동생들을 잘 보살펴 줄 것이다. 알았느냐?"

소녀는 더 이상 놀랄 수 없는 듯한 표정으로 눈을 동그랗게 뜨고 대무영을 바라보았다.

"어디에 가서 누굴 찾으라고 했느냐?"

"광명루의… 적아……."

"내 이름은?"

"대무영……."

"똑똑하구나."

대무영은 소녀의 손을 잡고 일으켰다.

"어서 동생들을 데리고 가거라."

"이거……."

소녀는 녹슨 검을 힘겹게 들고 내밀었다.

대무영은 그것을 받지 않으면 소녀의 마음이 편하지 않을 것 같아서 미소를 지으며 받았다.

第三十四章
환두대도(環頭大刀)

대무영이 몰래 광명루를 빠져나가고 나서 잠시 후에 소연이 잠들어 있는 방으로 적아가 들어왔다.

적아는 침상 옆에 서서 피투성이가 된 소연의 하체를 물끄러미 굽어보았다. 불쌍하다든가 애잔한 표정이 아니라 그저 담담한 표정이다.

이어서 깊은 잠에 빠져 있는 소연 옆 침상 가에 살포시 걸터앉아 그녀의 얼굴을 덮고 있는 머리카락을 부드럽게 쓸어올렸다.

"음……."

그 바람에 소연이 잠에서 깨어 미간을 좁히며 눈을 뜨다가 적아를 발견했다.

"루주……."

소연은 깜짝 놀라서 상체를 일으키다가 뾰족한 비명을 지르며 하체로 손을 뻗었다.

"악!"

그녀는 자신의 피범벅인 옥문을 보고 소스라치게 놀랐다.

"앗! 이게 어떻게 된 거예요?"

"넌 지난밤에 대무영에게 순결을 잃었잖느냐."

"아……."

그녀는 간밤의 일이 생각나는지 두려운 표정으로 부르르 몸을 떨었다.

"고통스러웠느냐?"

"네……."

"잘 참았다."

적아는 소연의 머리를 쓰다듬었다.

"그리고 잘해주었다. 그의 몸속에 고독(蠱毒)을 심으려면 순결이 필요하기 때문에 어쩔 수 없었다."

"잘 알고 있어요."

적아는 소연의 알몸을 잡고 일으켜서 앉혀주었다.

"연아, 네가 큰일을 해주었으니 이제부터 너는 평생 호의

호식하며 남부럽지 않게 살 것이다. 네가 원하는 것은 무엇이든 다 해주마."

소연은 두 손을 가슴에 모으고 맑은 눈을 깜빡이다가 조심스럽게 말했다.

"무엇이든지… 말인가요?"

"그래, 뭘 원하느냐? 말만 해라."

소연은 입술을 몇 번 달싹거리다가 겨우 말했다.

"나중에 말씀드리겠어요."

"그러려무나."

적아는 잠시 소연을 바라보다가 본론을 꺼냈다.

"자, 이제 고독을 한 번 시험해 보자꾸나."

적아는 소연의 몸에 한 쌍의 고독을 주입했었다. 그래서 암컷은 그녀의 순결과 함께 대무영의 몸에 주입시켰으며, 그녀 몸속에는 수컷이 남아 있다.

고독이란 남만(南蠻)에 서식하는 희귀한 벌레로서 암수 한 쌍이 서로 영적으로 통해 있으며 여러 가지 상상을 초월하는 능력을 지니고 있다.

그러므로 예전에는 서로 사랑하는 연인이 한 쌍의 고독을 나누어 몸속에 갖기도 했다.

그래서 서로 영적으로 통하기도 하며 한 사람이 죽으면 다른 사람도 따라서 죽는데 그것을 고독정사(蠱毒情死)라고 부르며 유행했었다.

지난밤에 적아는 대무영이 소연을 짓밟게 하려고 그가 마시는 술에 충분한 양의, 그리고 강력한 성분의 음약(淫藥)을 타두었었다.

그러므로 대무영이 소연을 짓밟은 것은 술 때문이 아니라 음약 때문이었다.

"지금 그가 무엇을 하고 있느냐?"

적아의 물음에 소연은 눈을 감았다. 소연은 적아에게 고독의 사용법에 대해서 충분한 설명을 듣긴 했으나 실제 사용하는 것은 지금이 처음이다.

눈을 감고 몸속에 있는 수컷 고독을 눈으로 이동시키면 대무영의 몸속에 있는 암컷 고독과 연결이 되어 그가 무엇을 하고 있는지 볼 수가 있다.

"걸어가면서 손에 쥐고 있는 한 자루 녹슨 검을 살펴보고 있어요."

"녹슨 검?"

"검의 모양을 하고 있는데 그냥 쇠붙이 같아요. 전체가 검붉은 녹으로 두껍게 뒤덮였어요."

적아는 대무영이 어디에서 못 쓰는 검 한 자루를 주웠나 보다고 생각했다.

"지금 어디를 가고 있느냐?"

"강가 나루터가 보여요."

적아는 그곳이 합하의 남소포구일 것이라고 짐작했다. 대무영이 무당산으로 가려면 포구에서 배를 타고 이백오십여 리 남쪽의 번성현(樊城縣)까지 가서 한수(漢水)를 오십여 리쯤 거슬러 오르면 곡성현(穀城縣)이 나오고, 그 뒤쪽이 바로 무당산이다.

그렇게 가는 방법이 가장 알기 쉽고 편하다. 그러지 않고 육로를 선택하면 드넓은 평원을 가로지르면서 수십 개의 강을 건너야 한다.

"알았다. 이제 그만 됐다."

적아는 대무영의 몸에 고독을 심은 목적이 달성됐다고 판단했다.

이제부터는 가만히 앉아서도 대무영이 어디에서 무엇을 하는지 손금을 보듯 훤하게 알 수 있게 되었다.

*　　　*　　　*

일 월 중순께 낙수천화에서 가장 목이 좋은 곳에 새로운 기루 해란화가 개업했다.

예전에 해란화와 월영을 비롯한 서른세 명의 기녀가 수적에게 기루와 모든 것을 잃고 갈 곳 없는 신세가 되었을 때, 낙수천화의 여러 기루가 헐값에 그녀들을 서로 데려가려고 했었다.

그러나 이제는 반대상황이 돼버렸다. 본채만 칠 층에 부속건물까지 오십여 채. 다섯 척의 커다란 유람선까지 거느린 거대한 기루 해란화의 개업으로 낙수천화 전체는 공황상태에 빠져 버렸다.

우선 거대 기루 해란화에 기녀들이 절대적으로 부족하게 된 것이다.

아무리 적어도 백여 명의 기녀가 필요했고 넉넉하려면 백오십여 명까지 보충해야만 한다.

그래서 해란화에서는 기녀를 모집할 수밖에 없었으며, 그 결과 낙수천화 각 기루에서 내로라하는 기녀들이 벌떼처럼 모여들었다.

결국 해란화는 낙수천화의 빼어난 백이십 명의 기녀를 더 뽑아서 총 백오십여 명을 만들어 낙수천화 최고 최대의 규모로 개업했다.

해란화는 개업하자마자 그야말로 평지풍파를 일으켰다. 백오십여 명의 기녀로 하루에 최대 삼백여 명의 손님을 받을 수 있는데, 매일 밤마다 손님이 꽉꽉 들어차서 만석을 기록하게 된 것이다.

자리가 남는데 손님을 맞을 기녀들이 부족했다. 그래서 개업한지 닷새 만에 기녀 백오십여 명을 더 모집하여 총 삼백여 명의 기녀로 하루 육백에서 칠백여 명의 손님을 받을 수 있는 하남성 일대 최대의 기루로 자리매김했다.

반면에 해란화에게 일급의 기녀들을 무더기로 뺏긴 낙수천화의 거의 모든 기루는 부족한 기녀를 보충하기 위해서 타지에서 모집을 하는 등 난리가 벌어졌다.

해란화는 모든 면에서 최고를 지향하며 지금까지의 기록을 갈아치우기 바빴다.

아란이 총주방장이 되어 삼십여 명의 숙수를 지휘하여 하루에 오천여 그릇의 요리를 만들어냈다.

요리를 먹어본 손님들마다 최고의 맛이라면서 입에 침이 마르도록 칭찬했다.

그래서 많은 손님들이 기녀와의 유흥이 아니라 순전히 맛있는 요리를 먹기 위해서 해란화를 찾는 이색적인 상황이 연출되기도 했다.

해란화는 삼 층에서 육 층까지 각 층에 커다란 무대를 만들어서 아름다운 무희(舞姬)들의 춤과 가희(歌姬)들의 노래, 악공들의 연주를 하루에 두 차례씩 공연하는데 손님들의 열광적인 환호를 받고 있다.

그런 공연은 기존의 낙수천화뿐만 아니라 다른 기루에서는 볼 수 없었던 풍경이다.

해란화의 루주 해란화는 하루에 한 차례씩 모든 방과 좌석을 일일이 돌면서 손님들에게 인사를 했다.

그녀가 지나가면서 그저 가벼운 미소를 지을 뿐인데 손님들은 그 절대적인 아름다움에 추풍낙엽처럼 거품을 물고 쓰러지기 바빴다.

해란화의 또 하나의 자랑거리는 다섯 척의 유람선이다. 다른 기루도 유람선이 있지만 해란화의 것에 비하면 참새와 공작새의 큰 차이가 난다.

일단 규모 면에서 해란화의 유람선이 대여섯 배 이상 더 컸으며, 유람선 안에는 없는 것이 없을 정도로 모든 것이 완비되어 있다.

유람선에서의 요금은 기루보다 두 배 이상 비싼데도 손님들이 줄을 서서 기다릴 정도다.

개업식 날의 총수입을 계산해 본 해란화의 총지배인 월영은 안색이 하얗게 질려서 루주 해란화에게 보고를 했다.

"어제 총매출이 얼만 줄 알아?"

"얼마에요?"

"무려… 삼십만 냥이야……."

"네에?"

"대충 순수입을 계산해 보니까 다 떼고도 절반은 남아."

다 뗀다는 것은 총 경비와 재료비 따위, 그리고 기녀들 몫까지를 말하는 것이다.

예전 해란화와 월영이 있던 등명각은 장사가 매우 잘됐을 때 하루 매상이 은자 삼만 냥 정도였었다. 그에 비하면 열 배나 되는 엄청난 매상이다.

월영은 믿어지지 않는다는 듯 몸을 덜덜 떨었다.

"이런 식이면 열흘도 못 가서 무영에게 빌린 돈 백만 냥을 갚을 수 있겠어."

해란화는 정색하며 손을 저었다.

"갚는 것이 아니에요. 이곳의 수입 절반은 무조건 무영가 몫으로 떼어야 해요."

해란화는 대무영에게 돈을 빌린 것이 아니라 그가 투자한 것이라고 생각했다. 또한 그는 해란화를 비롯한 서른세 명 기녀의 주인이 아닌가.

"그야 당연하지."

그러나 나날이 수입이 더 늘어나서 해란화는 불과 닷새 만에 순수입 백만 냥을 벌어들였다. 즉, 닷새 만에 본전을 뽑은 것이다.

더구나 닷새 후에 기녀를 총 삼백여 명으로 늘린 다음부터는 매일 평균 순수입이 은자 오십만 냥에 육박했다.

오십만 냥이면 그 전 순수입 십오만 냥의 두 배가 아닌 세 배 이상이다.

손님이 두 배 늘었으니 수입도 두 배 늘어야 하는 것은 단순한 주먹구구식 계산법일 뿐이다.
 실제에서는 그렇지 않다. 그것이 바로 여러 요인이 한꺼번에 작용하여 하나씩 작용할 때보다 더 커지는 효과, 즉 상승효과(相乘效果)인 것이다.
 사람들은 이제 기녀가 아닌 당당한 루주가 되어 바야흐로 옥봉검신과 천하제일미의 미모를 다투는 해란화와 기루 해란화를 구별하기 위해서, 루주 해란화에게 천절가인(天絶佳人)이라는 아호를 헌상했다.
 그래서 그녀는 천절가인 해란화가 되었다.

 *   *   *

 남소현에서 배를 탄 대무영은 보름 만에 합하가 한수로 흘러드는 번성현에 도착했다.
 배를 타고 오는 그 보름 동안 그는 한 번도 싸우지 않고 편하게 지냈다.
 그가 탄 남소포구와 번성현을 정기적으로 오가는 배에는 오십여 명의 승객이 타고 있었다.
 승객 중에 더러 강호인이 섞여 있고 또 그중에 몇몇은 대무영을 알아보는 것 같았다.

하지만 감히 아무도 덤벼들지 못했다. 오히려 자신들에게 화가 미칠까 봐 겁이 나서 전전긍긍하다가 배가 첫 번째로 들른 남양현(南陽縣)에서 우르르 모두 내려 버렸다.

배에서 파는 요리로 식사를 해결하면서 대무영은 한 번도 배에서 내리지 않았다.

남소현에서 번성현까지 오는 보름 동안 많은 생각을 했고, 또 달리 할 일이 없는 터라 남루한 소녀에게 받은 녹슨 검을 이리저리 많이 살펴보기도 했다.

검은 녹의 더께가 너무 두텁게 달라붙어 있어서 전혀 형체를 알아볼 수가 없었다.

하지만 대무영은 순전히 호기심에서 그 검의 녹을 다 벗겨 내고 진면목을 보고 싶었다.

그래서 번성현에 도착하자마자 제일 먼저 가까운 병기전(兵器廛)에 찾아가서 녹슨 검을 맡겼다.

그러면서 그는 병기전 안에 전시된 여러 무기를 기웃거리다가 한곳에서 걸음을 멈췄다.

그것은 그의 커다란 손으로 한 뼘 정도 길이고, 곧은 칼날에 그 절반쯤 길이의 손잡이, 그리고 손잡이 끝에 둥근 고리가 있는 수리검(手裏劍)이었다.

수리검을 처음 보는 대무영은 마음에 쏙 들었다. 더구나 수리검의 둥근 고리에 줄이 연결되어 있어서 열 자루의 수리검이 끼워져 있는 것도 마음에 들었다.

병기전 주인은 그에게 특수한 옷을 소개했다. 그것은 가죽으로 만든 동의(胴衣:조끼)인데 앞쪽에 수리검을 꽂을 수 있는 검실 이십 개가 두 줄로 나 있었다. 그것은 수리검을 줄로 연결한 것보다 훨씬 편했다.

그래서 대무영은 수리검 이십 자루를 사서 특수한 동의 앞면 검실에 빼곡하게 꽂고 그 위에 상의를 입었다. 수리검은 납작하기 때문에 이십 자루나 찼어도 겉으로는 전혀 표시가 나지 않았다.

그는 지금까지 나무로 만든 목비수를 사용했으나 강철로 만든 수리검이 더 빠르고 멀리 나가며 정확하다는 것을 알기 때문에 이 기회에 바꿨다. 물론 갖고 있던 목비수는 모두 버렸다.

그는 현에서 좀 떨어진 어느 야산으로 올라가서 나무를 상대로 수리검 던지는 연습을 했다.

과연 그의 선택이 옳았다. 수리검은 중량감이 있기 때문에 목비수보다 서너 배 이상 빨랐으며 정확도는 더 이상 말할 것도 없다.

또한 그다지 힘을 주지 않고 던져도 수리검은 아름드리나무에 깊숙이 푹푹 꽂혔다.

한 시진쯤 연습해 보니 최소거리 십오 장 이내에서 손톱 크기의 표적도 정확하게 맞출 수가 있었다.

　'이 기회에 진검을 구하자.'

　수리검이 목비수하고는 비교할 수 없을 정도로 탁월하다는 사실을 실감한 그는 질 좋은 진검을 한 자루 구해서 목검을 대체해야겠다고 생각했다.

　"이게 무엇이오?"

　대무영은 병기전 주인이 내놓은 검 한 자루를 보고 의아한 얼굴로 물었다.

　"무사께서 녹을 제거해달라고 맡기신 검입니다."

　"이게……"

　대무영은 검을 받으며 놀라움을 금치 못했다.

　그의 두 손에는 은은한 푸른빛이 감도는 검 한 자루가 쥐어져 있었다.

　길이는 석 자 반 정도이며 보통의 검보다 검신이 절반 이상 훨씬 굵직했다.

　그런데 희한하게도 검신에는 붉은빛이 감도는 둥근 원 안에 역시 붉은색의 한 마리 까마귀가 날개를 접고 있는 모습이 보였다.

　검신에 새긴 것도 아니고 그렇다고 그림이 그려져 있는 것도 아닌데 붉은 까마귀의 모습은 마치 살아 있는 것처럼 일렁거렸다.

그것은 마치 잔잔한 수면에 까마귀의 모습이 비춘 듯한 신비한 모습이었다. 그런데 자세히 보니까 까마귀의 발이 세 개였다.

"이 까마귀는 무엇이오?"

대무영은 병기전 주인에게 검신의 세 발 달린 까마귀를 가리켰다.

"무슨 까마귀 말입니까?"

주인은 검신을 이리저리 살피면서 의아한 표정을 지었다. 마치 그의 눈에는 까마귀가 보이지 않는 것 같았다.

대무영은 검신의 까마귀를 가리켰다.

"여기 다리가 셋인 까마귀가 보이지 않는다는 말이오?"

"저는… 아무것도 보이지 않습니다만……."

주인은 난감한 얼굴로 오히려 대무영에게 장난하지 말라는 듯한 표정을 지었다.

"자, 여길 잡고 똑똑히 보시오."

대무영은 혹시 검파 쪽에서만 보이는가 싶어서 주인 손에 검파를 직접 쥐어주었다. 그런데도 주인은 난감한 듯 연신 고개를 갸웃거렸다.

"이거… 어쨌든 제 눈에는 아무것도 보이지 않습니다."

대무영은 더 이상 주인에게 강요하지 않았다. 하지만 자신의 눈에만 보이는 세 발 달린 까마귀의 모습에 대해서 신비함을 떨쳐 버리지 못했다.

까마귀는 검신의 양쪽에 있었다. 열 번을 살펴봐도 그의 눈에는 열 번 다 보였다.

검에서 대무영의 시선을 끄는 것이 하나 더 있었다.

검파인데 은은한 금빛이 흘러나오고 있으며 두 마리 용이 검파를 칭칭 휘감고 있는 문양이다.

그리고 용의 눈에는 붉은 옥이 박혀 있었다. 두 마리 용이니까 모두 네 개의 옥이다.

대무영이 보기에 손잡이 검파는 금이 분명했다. 또한 용의 눈, 즉 용안(龍眼)인 네 개의 옥은 매우 진귀한 보석인 것 같았다.

이 검을 대무영에게 판 남루한 소녀가 녹을 제거할 수 있었다면, 검파의 금과 옥을 팔아서 상상도 하지 못할 거금을 손에 넣을 수 있었을 것이다.

또한 끝부분에는 둥근 고리가 만들어져 있으며 고리 안에 까마귀의 머리 부위가 돌출된 모습이다. 그 부분도 모두 황금으로 이루어졌다.

손잡이는 전체적으로 정교하고 아름다운 세공이라서 가히 누월재운(鏤月栽雲)의 솜씨였다.

"이것은 검이라고 할 수도 없고 그렇다고 도라고 할 수도 없는 이상한 무기로군요.'"
 "그렇소?"
 검이나 도에 대해서 잘 모르는 대무영은 고개를 갸웃거렸다.
 "현 내의 면막원(綿邈院)이라는 서원에 가시면 면막사(綿邈師)라는 박식한 선생이 계신데 그분께 물어보시면 알지도 모르겠습니다."

　　　　　*　　　*　　　*

 대무영은 면막사라는 노인 앞에서 절로 경건해지고 옷깃이 여며졌다.
 대무영은 사람의 겉모습만 보고 평가하지 않는다. 외모도 물론 중요하지만 상대의 기품이나 목소리, 눈빛 같은 것을 보고 진실함을 평가한다. 그것을 심미안(審美眼)이라고 하지만 그 자신은 모르고 있다.
 면막원의 원주인 면막사는 선풍도골의 외모에 목소리와 눈빛, 풍기는 기품 등이 대무영을 압도하고도 남았다. 대무영은 면막사 같은 사람을 처음 보았다.
 면막사는 마학사하고 비슷한 나이지만 극과 극의 모습과 풍모를 지니고 있었다.

뿐만 아니라 면막사는 대무영이 내민 무기를 자세히 살피더니 그것이 무엇인지 자세히 설명해 주었다.

"이것은 환두대도(環頭大刀)라는 것일세."

"환두대도? 그것이 뭡니까?"

대무영으로서는 생전 처음 들어보는 이름이라 의아한 표정을 지었다.

면막사는 탐스러운 눈부신 은빛 수염을 쓰다듬었다.

"이것을 어디에서 얻었는가?"

대무영은 검, 아니, 환두대도를 얻게 된 경위를 자세히 설명해 주었다.

면막사는 다 듣고 나서도 한동안 지그시 눈을 감고 생각에 잠겨 있다가 이윽고 눈을 뜨고 다시 환두대도를 자세히 살펴보았다.

대무영은 참을성 있게 기다렸다. 그는 이 칼에 어떤 깊은 사연이 있으며 그것을 면막사에게 들을 수 있게 되기를 기대했다.

면막원 후원의 아담한 정자 안 탁자에 마주앉은 두 사람 사이에 고요한 침묵이 한동안 흘렀다.

"이것은 중원의 무기가 아닐세."

면막사가 착 가라앉은 목소리로 말문을 열었다.

"동쪽에 사는 오랑캐, 즉 동이(東夷)의 무기일세."

"동이?"

"아주 오랜 수만 년의 역사를 지니고 있는 동쪽의 여러 족속을 통틀어 동이라고 부르네."

면막사는 지그시 동쪽 하늘을 바라보며 말을 이었다.

"그러나 우리 중원이 천하의 중심이라는 사상 때문에 그렇게 부르는 것이지 동이는 오랑캐가 아닐세."

"그럼 뭡니까?"

면막사는 탁자에 손가락으로 큰 대(大)와 활 궁(弓)이라는 두 글자를 겹쳐서 썼다.

"큰 대와 활 궁을 합하면 오랑캐 '이(夷)'가 되네."

유조에게 한창 글을 배우고 있던 중인 대무영은 '대'와 '궁'이란 글자를 둘 다 알기 때문에 고개를 갸웃거렸다.

"한자는 뜻글자라고 알고 있습니다."

"그렇지."

"그렇다면 대와 궁이 합치면 '큰 활'이라는 뜻이 아닙니까? 그런데 그게 어째서 오랑캐라는 뜻이 된 겁니까?"

"아하……."

면막사는 설명이 길어질 것 같아서 나직한 한숨을 토하며 이마를 쓰다듬었다.

"중원은 자신들의 국가와 문명 이외의 것들은 모두 천하게 여기는 경향이 강하네. 무슨 뜻인지 알겠나?"

"내가 최고고 다른 자들은 다 쓰레기라는 뜻입니까?"

표현은 무식하지만 맞는 말이라 면막사는 고개를 끄떡였다.

"그렇네."

그는 환두대도를 만지작거렸다.

"자… 어디부터 이야기를 할까."

면막사의 설명은 이러했다.

일만 년하고도 오천 년이 넘는 오랜 옛날에 예(濊), 맥(貊) 두 종족이 천하를 지배하고 살았으며, 그들을 예맥(濊貊)이라 불렀다.

천하란 지금의 중원을 말하는 것이 아니라, 중원을 비롯하여 그곳에서 동서남북으로 수만 리씩 더 뻗어 나간 중원보다 십여 배 이상 거대한 영토를 가리킨다.

수천 년이 흐르면서 예맥은 여러 부족으로 갈라졌는데, 부여(夫餘), 옥저(沃沮), 동예(東濊), 삼한(三韓) 등이다.

이후 그 부족들이 고구려(高句麗)와 신라(新羅), 백제(百濟), 가야(伽倻)로 이어져서, 각각 천하를 사 등분하여 수천 년 동안 지배했다.

예를 들어 고구려는 장강 이북 전체와 북으로는 몽고(蒙古)를 넘어 서백력(西伯力:시베리아)과 동으로는 요동(遼東)에서 동쪽으로 오만 리, 남으로는 왜국(倭國:일본)까지 지배했으며,

신라는 지금의 고려(高麗) 동쪽 지방과 중원의 사천성. 운남성, 귀주성, 광서성, 고산국(高山國:대만)을, 그리고 백제는 고려의 서쪽 지방과 중원의 절강성, 강소성, 산동성을 지배했었다.

그 당시 한족(漢族)은 나라를 세우지 못한 채 여러 개의 작은 부족 형태로 중원 서쪽의 오지인 청해성(青海省) 남쪽지역과 서강성(西康省), 서장(西藏) 등지에 뿔뿔이 흩어져서 살고 있었다.

그로부터 수천 년 동안 고구려와 신라, 백제가 서로 한 치의 양보도 없이 치열하게 싸우는 틈을 노려 한족이 야금야금 영토를 확장해 나가면서 나라의 틀을 만들더니 진(秦)의 시황제(始皇帝)에 이르러 지금의 중원이라고 말하는 지역을 통일하기에 이르렀다.

그로부터 다시 오랜 세월이 흐르는 동안 중원을 지배했던 한족의 여러 나라는 하나같이 동쪽의 고구려와 백제, 신라를 눈엣가시처럼 여겨 틈만 나면 전쟁을 벌였다.

그러다가 마침내 당나라에 이르러 여러 우여곡절 끝에 고구려와 백제는 흔적도 없이 멸망했으며, 신라는 현재의 고려 땅 만을 겨우 차지하게 되었다.

그렇지만 중원을 비롯한 천하는 예전부터 예맥과 고구려, 신라, 백제의 영토였었기 때문에 후대 천하의 모든 사람이 사용하는 언어와 문화, 문명 등은 모두 그들의 것이라고 할 수 있다.

그러나 한족은 그 사실을 인정할 수가 없어서 수천 년에 이르는 동안 증거가 될 만한 거의 모든 것을 말살하는데 주력했었다.

그중 하나의 예가 처음으로 중원을 통일한 진시황의 분서갱유(焚書坑儒) 사건이다.

진시황은 '학자들의 정치적 간섭을 막기 위해서'라는 구실을 내세웠으나 사실은 예맥의 역사를 말살하기 위해서 천하의 모든 서책을 깡그리 불태우라고 명령했던 것이다.

역사라는 것은 불과 백 년 전의 것도 서책 등의 증거가 남아 있지 않으면 기억을 하지 못한다. 입을 통해서 전해지는 구전(口傳)은 신빙성이 없으며 한계가 있다.

분서갱유 이후 진시황의 명령을 받은 학자들은 태고 때부터 중원과 천하를 지배해 온 것이 한족이었다는 날조된 역사를 서책으로 꾸며 후대에 전했다.

그러면서 예맥의 후예를 동쪽의 오랑캐, 즉 '동이'라고 천시하는 정책을 대대적으로 펼쳤다.

"환두대도는 고구려와 신라, 백제의 황제나 장군들이 사용하던 칼일세."

면막사는 설명이 더 길어질 것 같자 본론을 얘기했다.

대무영은 얘기가 궁금했으나 자신하고는 상관이 없는 일이라 환두대도에 집중했다.

"그렇지만 이것은 좀 다르군."

면막사는 환두대도를 이리저리 살폈다.

"원래 환두대도는 한쪽 날만 있는 도(刀)의 형태인데 이것은 양날이 있군. 모양은 영락없는 환두대도인데 검이라… 이런 것은 본 적도 들은 적도 없네. 하지만 동이의 무기인 것은 분명하네."

대무영은 면막사가 모르는 것은 아무도 모를 것이라는 생각이 들었다.

"그런데 여기에 세 발 달린 까마귀 그림이 있습니다."

대무영은 검신을 가리켰다. 하지만 면막사 눈에는 보이지 않을 것이라고 생각했다.

"다른 사람에겐 보이지 않는데 내 눈에만 보입니다. 세 발 달린 까마귀는 무엇이고, 내 눈에만 보이는 이유는 무엇인 것 같습니까?"

"그런가?"

면막사는 뜻밖이라는 표정을 짓더니 곧 고개를 끄떡였다.

"천기연(天起緣)인 것 같군."

"그게 뭡니까?"

"이 무기의 원래 소유자가 죽어가면서 훗날 오직 한 사람에게만 이 무기가 전해질 수 있도록 처절한 심정으로 주술(呪術)을 걸든가 하늘에 기원하면 실제로 나중에 그가 점지한 사람에게 전해지는 것을 천기연이라고 하네."

"아……."

대무영은 마치 전설이나 신화를 듣는 것 같은 기분이 들었다. 하지만 불신은 생기지 않았다.

그는 단순하면서도 순수하기 때문에 면막사가 하는 말을 모두 믿었다.

"그렇다면 원래 소유자하고 나하고 무슨 관계가 있다는 것입니까?"

"내가 알기로는 두 가지 경우에만 가능하네. 첫째, 무기 자체가 영험한 능력을 지닌 명검(名劍)이나 보도(寶刀)여야만 하고, 둘째, 원 소유자와 훗날의 전해질 사람이 혈연관계여야 한다는 것일세."

"혈연… 관계가 뭡니까?"

"핏줄일세."

"핏줄……."

잠시 곰곰이 생각하던 대무영은 눈을 휘둥그렇게 뜨면서 놀랐다.

"그렇다면 이 무기의 원 소유자와 내가 한 핏줄이라는 것입니까?"

면막사는 고개를 끄떡였다.

"그럴 가능성이 크네. 여기 검신에 삼족오(三足烏)가 있다는데 노부는 보이지 않고 자네 눈에만 보인다는 것이 그 증거일세."

"삼족오가 뭡니까?"

면막사는 검신을 가리켰다.

"자네 눈에만 보인다는 세 발 달린 까마귀일세."

"아……."

"삼족오란 태양 속에 사는 전설의 고귀한 영물(靈物)로써 예맥이 숭상했었지. 이후 고조선과 고구려, 백제, 신라에서 황족과 귀족의 상징이 되었네. 하지만 나중에는 고구려에서만 황족을 나타내는 문양으로 사용되었지."

대무영은 신기한 듯 환두대도를 굽어보았다.

"그렇다면 이것은 고구려의 물건일 가능성이 크군요."

면막사는 고개를 끄떡였다.

"고구려는 예전에 장강 이북지역을 지배했었으니까 자네가 하남성 남부지역인 남소현에서 이것을 얻었다면 이상한 일은 아니지."

대무영은 신기한 마음 중에도 궁금한 것이 한두 가지가 아니었다. 하지만 무엇부터 물어야 할지 몰랐다.

"자네는 고구려사람, 즉 고구려 황통(皇統)을 이어받은 사람일 가능성이 크네."

"황통이라는 것은……."

"황제의 후손, 즉 황족이라는 것일세."

"내가 고구려 황제의 후손……."

말도 안 되는 소리다. 아무리 남의 말을 잘 믿는 대무영이지만 그 말만은 믿어지지 않았다.

第三十五章
선상도륙(船上屠戮)

대무영은 면막사에게 그 외에도 너무 많은 이야기를 들어서 머리가 터질 지경이다.

그래서 생각은 나중에 하기로 했다. 그저 지금 당장 생각할 수 있는 것은 면막사가 지어준 환두대도의 이름이 동이검(東夷劍)이라는 사실이다.

대무영은 그 이름이 마음에 쏙 들었다. 아무리 생각해 봐도 그것보다 더 좋은 검명(劍名)은 생각나지 않았다. 예맥이든 고구려나 신라, 백제든 모두 '동이'라는 이름으로 불린다니까 '동이검'이 제일 잘 어울렸다.

일단 면막사에게 들은 많은 이야기들을 기억만 해두고 깊이 생각하지는 않기로 했다.

그의 말을 곧이곧대로 다 믿다가 마지막 말에서 큰 충격을 받았기 때문이다.

대무영이 고구려의 황족이라는 사실이다. 동이검의 원래 소유자가 황족이었을 것이라는 사실까지는 어떻게든 믿을 수 있을 것 같다.

그러나 대무영이 그의 후손일 것이라는 사실은 전혀 가슴에 와 닿지 않았다.

대무영의 아버지는 일개 떠돌이무사로서 우연히 어머니와 만나 사랑을 나누고, 그녀가 임신을 하니까 다시 훌쩍 강호로 떠난 무정한 사내이지 절대로 고구려의 황족 따위일 리가 없다.

그것 때문에 대무영은 면막사의 모든 말을 다 부정하고 싶지만 그러지 않았다.

대무영은 모든 일을 이성이 아닌 마음이 시키는 대로 하는 사람인데 그의 마음이 면막사의 말을 믿어야 한다고 설득했다.

그는 동이검을 다듬어준 병기전으로 가서 그에 맞는 검초(劍鞘:칼집)를 만들어달라고 했다.

주인은 마침 좋은 물건이 있는데 가격이 너무 비싸서 권하기가 어렵다고 했다.

대무영의 요구에 주인이 갖고 나온 물건은 뜻밖에도 망사(蟒蛇:이무기)의 껍데기, 즉 망사피(蟒蛇皮)였다.

대무영은 망사를 본 적이 없기 때문에 그것이 진짜 망사피인지 알아보지 못한다.

하지만 산 생활을 오래 한 덕분에 뱀이라면 훤하다. 그가 봤을 때 주인이 갖고 나온 물건은 절대 뱀 껍질, 사피(蛇皮)가 아니었다.

그보다는 비늘이 훨씬 커서 거대한 잉어껍데기 같기도 했고, 전설에나 나오는 용의 껍질 같기도 했다. 어쨌든 사피는 절대 아니었다.

주인이 대도 한 자루를 들고 나오더니 대무영에게 내밀고 망사피를 장작을 팰 때 받침대로 사용하는 모탕 위에 올려놓았다.

"한 번 힘껏 베어보십시오. 만약 잘라져도 변상하라고 하지 않겠습니다."

대무영은 반신반의하면서 대도를 힘껏 내려쳤다.

캉!

그러자 마치 쇠끼리 부딪친 것처럼 강한 음향이 나면서 불꽃이 튀었다.

그런데 망사피는 흠집 하나 나지 않고 멀쩡했다.

"보십시오."

주인은 대도를 내밀었다. 그런데 대도의 칼날이 엉망으로 망가졌다.

대무영이 주인으로부터 대도를 받았을 때는 멀쩡했었다. 즉, 망사피가 칼날의 이를 다 부러뜨렸다는 뜻이다. 그걸 보면 망사피가, 아니, 망사피의 비늘이 얼마나 강한지 짐작할 수 있다.

"얼마요?"

대무영은 처음으로 물건에 욕심이 생겼다. 얼마나 비싸든지 망사피로 반드시 동이검의 검초를 만들고 싶었다.

"은자 천 냥입니다."

장검 한 자루 가격이 은자 닷 냥에서 열 냥쯤인데 검초로 쓸 망사피가 천 냥이라면 엄청나게 비싼 것이다. 아마도 그렇게 비쌌기 때문에 망사피가 아직껏 팔리지 않고 있다가 대무영 차례까지 온 것 같았다.

그러나 대무영은 두말없이 품속에서 은자 천 냥짜리 전표를 꺼내주었다.

"잘 만들어주시오."

주인은 그다지 부자로 보이지 않는 대무영이 선뜻 은자 천 냥을 내놓고 또 한 푼도 깎지 않자 새삼스러운 표정으로 그를 쳐다보았다.

"보여드릴 것이 있습니다."

주인은 연장을 갖고 오더니 매우 힘들게 망사피의 끄트머리에서 비늘 하나를 떼어냈다.

비늘 하나가 대무영의 큼직한 엄지손톱 세 개를 합친 것보다 더 컸다.

또한 희한하게도 두툼한 초승달 모양이었다. 그리고 비늘 하나가 은자 하나 정도의 무게였다.

주인은 비늘을 엄지와 검지로 꼭 붙잡고 던지려는 자세를 취했다.

"저는 잘하지 못하지만… 한 번 보십시오."

이어서 그는 앞쪽 허공을 향해 비늘을 힘껏 던졌다.

쉬리리링―

순간 비늘이 매우 경쾌한 소리를 내며 쏘아나갔다. 주인의 던지는 솜씨는 형편없었으나 비늘은 멋있게 직선으로 날아갔다.

그런데 놀라운 일이 일어났다.

쉬리리―

사 장쯤 쏘아가던 비늘이 갑자기 크게 곡선을 그리는가 싶더니 다시 두 사람 쪽을 향해 똑같은 속도로 쏘아오는 것이 아닌가.

"앗!"

주인은 비늘이 자신을 향해 쏘아오자 화들짝 놀라서 급히 피하려고 했으나 너무 늦었다.

척!

그것을 대무영이 재빨리 손을 내밀어 잡았다. 그런데 손가락이 뜨끔해서 살펴보니까 검지가 약간 베였다.

도검도 그의 몸에 상처를 내지 못하는데 망사피 비늘이 상처를 낸 것이다.

주인이 옷을 털면서 부스스 일어났다.

"그 망사린(蟒蛇鱗) 대단하죠?"

그는 망사린을 던지면 되돌아온다는 사실을 알고 있었으면서도 제대로 피하지 못한 것이다.

"그렇군. 이걸 망사린이라고 하오?"

"그렇습니다. 이무기 망사에 비늘 린."

"비늘 린. 음, 그렇군."

주인은 커다란 망사피를 대충 훑어보며 눈대중을 했다.

"검초를 만들고 나면 망사린이 열 개쯤 남을 것 같습니다. 그것을 암기로 사용하시면 좋을 것입니다."

"암기라… 거 좋군."

대무영은 흡족하게 고개를 끄떡였다. 망사피에 이어서 망사린도 갖고 싶다는 생각이 들었다.

그가 자세히 살펴보니 망사린이 되돌아오는 이유는 아마

도 초승달처럼 생겼기 때문인 것 같았다.

대무영은 번성현에서 큰 소득이 있었다.

동이검과 망사피로 만든 검초에 망사린이 열두 개. 그리고 수리검 스무 개.

검푸른색의 망사피로 만든 검초는 정말 훌륭했다. 어깨에 척 걸쳐 메니까 여느 보검 부럽지 않았다.

검초 밖으로 동이검의 손잡이가 튀어나와 있는데 번뜩이는 금빛의 검파에 둥근 고리가 있으며 고리 안의 삼족오 모양이 매우 특이했다.

모르긴 해도 강호에서 이런 멋들어진 검을 갖고 있는 사람은 대무영 혼자밖에 없을 것이다.

망사린은 병기전 주인이 잘 갈아서 칼날보다 훨씬 더 예리하게 만들었다.

초승달 모양의 바깥쪽을 칼날처럼 갈았고 안쪽은 손가락으로 잡을 수 있도록 두툼했다.

병기전 주인은 그것들을 가느라고 좋은 숫돌 여러 개가 다 망가졌다고 했었다.

또한 남은 망사피 쪼가리로 작은 주머니를 만들어서 상의 안 아래쪽에 매달아서 그 안에 열두 개의 망사린을 넣을 수 있도록 해주었다.

대무영은 병기전 주인 말마따나 망사린을 암기로 사용해 볼 생각이다.

강호의 모든 암기는 던지면 앞으로만 쏘아가는데 망사린은 되돌아온다는 사실이 큰 매력이었다.

더구나 대도뿐만 아니라 쇠망치로 때려도 흠집조차 나지 않을 정도로 단단했다.

그는 한적한 곳에서 망사린 던지는 연습을 하고 싶었으나 번성현에서 너무 오래 있는 것 같아서 포구에서 배를 타고 한수 오십여 리쯤 상류에 있는 곡성현으로 향했다.

그곳 곡성현 서쪽 삼십여 리쯤에 목적지 무당산이 있다.

* * *

쏴아아…….

매우 커다란 배의 앞머리 난간에 선 대무영은 물끄러미 전방을 바라보았다.

한수는 합하하고는 달리 매우 깊고 큰 강이다. 강폭이 무려 삼백여 장에 달했다.

강과 양쪽의 경치가 어우러져서 한 폭의 풍경화를 보는 것처럼 아름다웠으나 지금 대무영의 머릿속은 다른 것으로 꽉 차 있어서 아무것도 보이지 않았다.

소연.

남소현 광명루에서 술에 만취하여 본의 아니게 순결을 짓밟았던 어린 소녀의 생각을 떨쳐 버릴 수가 없다.

집에 두고 온 막내여동생 청옥하고 비슷한 나이인 소녀. 그러나 체구는 오히려 청옥보다 더 작았다.

아기고양이처럼 귀여운 그녀는 대무영을 큰오빠처럼 잘 따랐었다. 대무영의 온몸에 난 흉터를 보고 슬퍼서 울던 착한 아이였다.

그래서 그녀를 짓밟은 일이 잘 벼려진 비수가 심장에 깊숙이 꽂혀 있는 것처럼 아프고 뇌리에서 종내 지워지지 않고 그를 괴롭혔다.

'나는 짐승 같은 놈이다. 천인공노할 짓을 저질렀다.'

그의 얼굴이 보기 싫게 일그러졌다. 아무리 골백번 생각해봐도 소연을 짓밟은 짓은 그 스스로 생각해도 용서할 수가 없었다.

'언젠가 연아를 다시 만나게 되면 백배사죄하고 용서를 빌어야 한다. 그래서 그녀가 죽으라고 한다면 이 한 목숨 기꺼이 죽을 것이다.'

그렇게 결심을 했어도 무거운 마음이 조금도 가벼워지지 않았다.

단목검객이 남소현에서 배를 타고 번성현으로 향했다는 소문은 이미 파다하게 퍼져 있는 상황이다. 단목검객은 그 정도로 유명하기 때문이다.

그러나 대무영은 자신의 유명세를 별로 실감하지 못하고 있다. 그래서 거기에 대해서 조금도 염려하지 않았다. 그러므로 물론 대비 같은 것도 하지 않았다.

그는 단지 마학사가 전신을 판 도전자들에 대해서만 신경을 쓰고 있다.

그들 외의 강호인들은 대무영을 알아본다고 하더라도 감히 군주에게 시비를 걸지 못할 것이라고 그 자신도 생각하고 있다.

대무영이 소연에 대한 괴로운 심정을 떨쳐 버리지 못하고 여전히 배 앞쪽에서 강물을 바라보고 있을 때 일단의 무리가 그의 뒤로 몰려들었다.

"귀하가 단목검객인가?"

뒤쪽에서 들리는 묵직한 목소리에 대무영이 천천히 돌아서자 이십여 명의 무사가 천천히 다가오면서 그를 향해 반원형으로 늘어서는 것이 보였다.

대무영은 그들이 누군지는 몰라도 좋은 뜻을 갖고 있지 않다는 것을 첫눈에 짐작했다.

그들은 청의와 녹의 경장을 입었으며 어깨에는 도검을 메고 있는데 일견해도 비범해 보였다. 평범한 무사 나부랭이는 아닌 듯했다.

그런데 대무영의 시선이 그중 한 명의 왼쪽 가슴에 고정되었다.

그곳에는 둥근 원 안에 한 그루 소나무와 구름, 그리고 세로로 '무청(武廳)'이라는 글이 수놓아져 있었다.

대무영은 '廳'이라는 글자를 아직 배우지 않았으나 예전에 낙양 무림본청에 갔을 때 본 그곳의 무림본청의 '청' 자가 이 글자하고 같다는 것을 알아보았다.

그렇다면 '무청'이라는 뜻이고, 이들이 무림청의 인물들일 것이라고 짐작했다.

이 일대에서 가장 큰 무림청 지청, 즉 무림지청이 번성현 번성지청이며 이들은 그곳의 고수들이다.

이 배는 꽤 규모가 커서 이백여 명 정도가 타고 있는데, 번성현에서 이들이 승객들 속에 섞여서 타는 것을 대무영은 알지 못했다.

그는 주변에서 일어나는 잡다한 일에 관심을 기울이는 성격이 아니다.

문득 그는 자신이 낙양 군림보를 멸문시킨 일을 무림청에서 알아냈다는 마학사의 말이 떠올랐다. 하면, 이들은 그 일 때문에 왔을 것이다. 거기까지 생각하자 대무영의 표정이 싸늘하게 변했다.

"내게 볼일이 있느냐?"

그러므로 말도 곱게 나가지 않았다.

"그 말은 귀하가 단목검객이라는 사실을 시인하는 것으로 받아들이겠소."

갈의 경장을 입은 자 중에 한 명이 정중하게 말했다.

"우리와 함께 순순히 무림청으로 따라간다면 무력을 사용하지 않겠소."

"무엇 때문에 그러느냐?"

"낙양 군림보 멸문에 귀하가 관련이 있소?"

무림청은 대무영이 혼자서 군림보를 멸문시켰다고 여기지 않았다.

다만 그가 앞장을 섰고 어떤 세력이 그를 도왔을 것이라고 추측하고 있다.

대무영은 구질구질하게 발뺌 같은 것은 하고 싶지도 않고 할 성격도 아니다.

"군림보는 내가 모두 죽였다."

"모두? 귀하 혼자 말이오?"

"그렇다."

이십여 명의 무림청 고수 얼굴에 놀라움이 떠올랐다. 그리고 곧이어 억눌린 듯한 긴장감이 감돌았다.

대무영이 혼자 군림보를 멸문시켰다고 말했기 때문이다. 거짓말일 수도 있지만 그의 자신만만한 표정을 보면 그런 것 같지 않았다.

무림청은 대무영이 군림보 소보주 함자방을 죽였다는 사실을 알고 있으며, 이후 군림보에서 대무영의 가족들을 납치했다는 사실을 뒤늦게 보고받았다.

그렇기 때문에 대무영이 가족들을 구출하는 과정에서 군림보와 마찰이 일어났으며, 결국 싸움으로 번져서 군림보가 멸문했을 것이라고 추측하고 있다.

하지만 그가 군림보의 삼백여 무사와 고수를 혼자서 죽였을 것이라고는 생각하지 않았었다. 그가 비록 군주라고 해도 일당 삼백은 무리이기 때문이다.

그러나 방금 그가 자신의 입으로 혼자 군림보를 멸문시켰다고 실토했다.

"음!"

조금 전에 대무영에게 물었던 무림청 번성지청의 우두머리인 청주(廳主)는 무거운 신음을 흘렸다. 하지만 여기까지 와서 물러선다는 것은 말이 되지 않는다.

"어쨌든 귀하는 우리와 함께 가줘야겠소."

문득 대무영 입가에 흐릿한 냉소가 떠올랐다.

"무엇 때문이지?"

"귀하가 군림보 멸문과 깊은 연관이 있기 때문에 무림본청으로 압송하라는 명령을 받았소."

대무영은 '압송'의 뜻을 모르지만 대충 알아들었다. 그는 그렇지 않아도 소연의 일 때문에 착잡한 심정인데 이들이 군림보의 일로 핍박하자 기분이 확 상했다.

군림보가 자신의 가족을 납치하고 고초를 겪게 해서 그에 대한 대가를 치르게 한 것뿐인데, 잘잘못을 따지지 않고 무조건 압송 운운하니까 배알이 뒤틀려서 수틀리면 모조리 죽이겠다고 마음먹었다.

"나는 가지 않겠다."

대무영의 목소리가 싸늘해졌다.

"그리고 너희들도 가지 못한다."

모두 죽일 것이라는 대무영의 말뜻을 알아들은 무림청 고수들은 움찔했다. 그러나 겁을 먹거나 물러설 생각 같은 것은 추호도 하지 않는다.

무림청 휘하의 고수들은 구파일방과 오대문파에서 엄선되었기 때문에 하나같이 정기가 바르고 자부심이 강한 일류의 실력을 지니고 있다.

상대가 비록 군주라고는 하지만 이들은 자신들 이십 명으로 충분히 대무영을 제압할 수 있을 것이라고 믿었다.

무림청 번성지청 청주가 괜히 자신을 비롯한 이십 명의 고수로 단목검객을 잡겠다고 나선 것이 아니다. 그만큼 실력과 확신이 있기 때문이다.

각자로는 단목검객의 상대가 못되지만 이십 명의 합공이면 너끈하다고 확신했다.

더 이상 말이 필요하지 않다고 판단한 청주는 눈짓으로 수하들에게 공격을 명령했다.

이들은 어떻게 공격할 것인지 사전에 미리 계획을 세웠기 때문에 청주의 공격명령이 떨어지자 일사불란하고도 빠르게 움직였다.

앞줄 중앙에 서 있는 청주 등과 대무영의 거리는 삼 장 정도다. 순간 청주와 좌우의 두 명이 빠르게 미끄러지듯이 대무영에게 접근하면서 어깨의 도검으로 손을 가져갔다.

그와 동시에 양쪽의 일곱 명이 부채가 펼쳐지듯 두 개의 반원형을 만들어 청주의 뒤에서 접근하고, 뒷줄의 나머지 열 명이 그 뒤에서 벽을 형성한 채 다가들었다.

대무영은 배의 앞쪽에 서 있기 때문에 그런 식으로 공격을 당하면 강물로 뛰어들거나 마주 반격할 수밖에 없는 상황이다. 무림청 고수들은 그걸 노린 것이다.

대무영의 두 손이 빠르게 품속으로 들어가더니 재빨리 수리검을 뽑았다.

앞선 청주들의 동작이 제아무리 빠르다고 해도 대무영의

두 손이 품속에 들어갔다가 나오는 것만큼은 절대로 빠르지 못할 것이다.

피피잇!

그의 두 손이 품속에서 나오는가 싶더니 오른손에 두 자루, 왼손에 한 자루의 수리검이 빛처럼 쏘아나갔다.

청주 등은 대무영이 어깨에 메고 있는 검을 뽑을 것이라고 예상을 했었지 설마 수리검을 발출할 줄은 전혀 예상하지 못했다가 움찔했다.

너무 가깝게 접근했기 때문이다. 그들은 이미 일 장까지 쇄도하며 도검을 뽑고 있었다.

파파팍!

"끅!"

"큭!"

세 자루 수리검은 정확하게 청주와 양쪽 두 명의 목에 손잡이만 남기고 꽂혀 버렸다.

빠르게 달려들던 세 명은 답답한 신음과 함께 상체가 뒤로 확 젖혀졌다.

느닷없이 벌어진 일에 청주의 바로 뒤쪽에서 쇄도하던 일곱 명이 움찔했다.

그 순간 대무영의 두 손은 두 번째로 품속에 들어갔다 나오면서 떨쳐졌다.

퍼퍽!

"캑!"

"끄윽!"

이번에도 어김없이 세 명의 목에 수리검이 꽂혔다.

대무영은 암기를 던지는 동작만큼은 두 손을 자유자재로 사용할 수 있다.

목비수 연습을 할 때 줄곧 그렇게 했었다. 그렇지만 아무래도 왼손보다는 오른손이 훨씬 능숙하다. 그래서 오른손으로는 수리검 두 자루를 동시에 던질 수 있다.

접근하던 자들이 주춤했다.

피잇!

접근하든 주춤하든 대무영은 상관하지 않고 세 번째 세 자루의 수리검을 또다시 날려서 어김없이 세 명의 목에 명중시켰다. 이로써 아홉 명이 거꾸러졌다.

조금 전까지만 해도 번성현 병기전 진열대에 가지런히 놓여 있었던 수리검이 진가를 발휘하고 있다.

나무로 만든 목비수를 자유자재로 사용하는 대무영이기에 수리검으로는 서너 배 이상의 위력을 발휘했다.

뒤쪽의 고수들은 앞쪽에서 느닷없이 벌어지고 있는 이변에 우왕좌왕했다.

눈 깜빡할 사이에 앞선 청주와 동료들이 변변하게 저항조차 하지 못하고 목에 수리검이 꽂힌 채 거꾸러지자 당황할 수밖에 없다.

퍼퍼퍽!

그들이 우왕좌왕하고 있을 때에도 대무영이 발출한 세 자루 수리검들은 여지없이 살아남은 자들의 목에 쑤셔 박히고 있었다.

"공격하라!"

이십 명 중에서 여덟 명밖에 남지 않은 상황에서 누군가 악을 쓰듯 외치면서 검을 휘두르며 대무영을 공격했고 가장 가깝게 있던 두 명이 그에 동조했다.

퍼퍽!

"캑!"

"끅!"

그러나 그들은 덤벼들 때보다 더 빨리 모두 목에 수리검이 꽂혀서 뒤로 퉁겨졌다.

그들이 제아무리 빠른 동작을 취한다고 해도 수리검보다 빠를 수는 없다.

눈을 두 번 정도 깜빡거릴 사이에 이십 명 중에서 열다섯 명이 하나같이 목에 수리검이 꽂혀서 즉사했다.

남아 있는 다섯 명은 다급히 주위를 둘러보더니 누가 먼저랄 것도 없이 재빨리 몸을 돌려 도망치기 시작했다. 이십 명으로도 상대가 안 되는데 다섯 명만 남아서는 포기하는 것이 가장 좋은 방법이다.

파파팍!

도망치던 자 중에 뒤쪽 세 명의 목 뒤에 수리검이 꽂히면서 앞으로 엎어졌다.

대무영은 또다시 수리검 두 자루를 양손에 쥐고 나는 듯이 나머지 두 명을 뒤쫓았다.

대무영이 선실을 돌아나가자 최후의 생존자 두 명은 전력으로 달리면서 갑판에 무리지어 있는 승객들 사이로 파고드는 중이었다.

피잇!

파고들든 말든 상관없이 대무영이 달려가며 양손을 떨치자 두 자루 수리검이 흰 빛을 그으면서 쏘아갔다.

파팍!

"끅!"

"큭!"

두 자루 수리검은 승객들 사이를 마치 살아 있는 뱀처럼 쏘아가서 정확하게 두 명의 목 뒤쪽을 꿰뚫었다.

"와앗!"

"꺄아악!"

승객들이 사색이 되어 비명을 지르면서 사방으로 흩어지

선상도륙(船上屠戮)

고, 대무영은 천천히 걸어가 엎어져 있는 두 명 옆에 멈춰서 물끄러미 굽어보았다.

"끄윽……."

최후의 두 명은 엎어진 채 사지를 버둥거리다가 곧 움직임을 멈추었다.

수많은 승객은 멀찌감치 떨어진 곳에서 두려운 표정으로 쳐다보았다.

승객 중에는 강호인도 더러 있는데 그들은 단목검객 대무영 뿐만 아니라 죽은 자들이 무림청 고수라는 사실을 알아보았다.

그들은 혹시 불똥이 자신들에게 튀지 않을까 대무영 눈에 띄지 않으려고 전전긍긍했다.

대무영은 죽은 두 명의 뒷목에 꽂혀 있는 수리검을 뽑고는 다시 되돌아가서 다른 십팔 명의 목에서 서둘지 않고 천천히 수리검을 모두 뽑았다.

이어서 수리검들을 죽은 자의 옷에 모두 깨끗이 닦은 후에 품속 동의에 차례로 꽂았다.

그는 앞쪽 갑판에 죽어 있는 십팔 명의 무림청 고수를 물끄러미 굽어보았다.

어떤 사연이 있든 사람을 죽였다는 것은 그다지 유쾌한 일이 아니다.

하지만 어쩔 수 없는 일이었다. 이들을 죽이지 않았으면 대무영이 무림청으로 끌려갔을 것이다.

그 다음은 실제 겪어보지 않아도 뻔한 과정과 결말이 전개될 터이다.

군림보의 일을 무림청의 잣대로 제멋대로 재고 추측하여 대무영에게 벌을 내릴 것이다.

아마도 뇌옥에 감금하거나 죽이겠지. 지금의 대무영은 절대 그런 신세가 될 수 없다.

아니, 앞으로 죽을 때까지 타인이 그를 제멋대로 감금하고 죽이도록 놔두지 않을 것이다.

그때 대무영은 뱃사람으로 보이는 사내가 선실 모퉁이에서 이쪽을 몰래 살피는 것을 발견했다.

대무영이 손짓으로 부르자 사내는 화들짝 놀랐다가 체념한 듯 쭈뼛거리며 다가왔다.

도망쳐 봤자 배 위고, 뱃사람으로서 배를 버리고 강으로 도망칠 수는 없기 때문이다.

"시체들을 번성현 무림지청에 보내주시오."

대무영은 열 냥의 은자를 사내에게 주었다. 사내는 덜덜 떨리는 손으로 은자를 받는데 절반 이상을 흘렸다.

"그것… 뿐입니까?"

"그렇소."

사내는 대무영과 은자를 번갈아 보더니 안도의 한숨을 쉬고 나서 곧 물러나 동료들과 함께 시체들을 갑판 아래 선창으로 옮겼다.

第三十六章
미친년

아침 일찍 출발한 배는 해가 질 무렵에 곡성현 포구에 도착했다.

대무영은 승객들에 섞여 배에서 내렸다. 승객들은 그가 무림청 고수 이십 명을 죽였다는 사실을 알기 때문에 두려운 표정으로 멀찍이 떨어졌다.

대무영은 뱃사람이나 승객들의 입을 단속할 필요를 느끼지 않았다.

그가 무림청 고수 이십 명을 죽인 일이 알려지지 않으면 좋겠지만, 그것을 비밀로 하려고 뱃사람과 승객을 모두 죽일 수는 없는 일이다.

무림청 고수들을 죽임으로써 그는 당금 강호의 법이며 기둥인 무림청하고도 적이 돼버리고 말았다. 그러나 어쩔 수 없는 일이었다.

이번 일로 인해서 그는 집으로 돌아가는 일이 더욱 어렵게 돼버렸다.

낙양에는 무림본청이 있는데 집으로 돌아갔다가는 그 자신만이 아니라 가족들이나 해란화들의 안위까지 위태롭게 만들고 말 것이다.

'나는 아무에게도 피해를 주지 않고 그저 내 일만 묵묵히 하고 싶거늘……'

그러나 강호는 그를 그냥 내버려 두지 않았다. 그리고 그가 강호를 떠나지 않는 한 앞으로도 그런 일들이 계속 일어날 것이다.

곡성현 포구에 내린 그는 주위를 두리번거리다가 여러 점포가 줄지어 있는 곳으로 곧장 걸어갔다.

배에서 누가 방갓을 쓰고 있는 것을 봤는데 자신도 그런 것을 쓰면 얼굴을 가릴 수 있고, 그러면 쓸데없는 싸움을 사전에 피할 수 있을 것이라고 생각했었다.

그가 점포 쪽으로 걸어가다가 문득 이상한 느낌을 받고 뒤돌아보니 그가 방금 내린 배 주위에서 많은 사람이 모여 이쪽을 쳐다보고 있었다.

그가 타고 온 배의 뱃사람들과 승객들이다. 그들이 그곳에 모여서 대무영을 지켜보고 있는 것이다. 그는 자신이 이곳에서도 자유롭지 못하다는 사실을 느꼈다.

지금까지는 이런 것을 느끼지 못했었는데, 누군가 자신을 지켜보고 있다고 생각하니까 몹시 불편했다. 일거수일투족을 감시당하고 있는 기분이 들었다.

예전에도 이런 경우가 있었을 것이다. 하지만 그때는 무관심했었는데 지금은 쳐다보고 있는 사람들의 시선이 온몸을 꽁꽁 묶는 것 같은 느낌이 들었다.

대무영은 무엇보다도 경계해야 할 것이 바로 사람들의 시선이라는 사실을 비로소 깨달았다.

그는 점포로 가던 걸음을 돌려 현 내로 향했다. 자신을 알고 있는 사람들의 시선이 없는 곳에서 방갓을 사야겠다고 마음먹었다.

어쨌든 대무영은 현 내에서 방갓을 하나 사서 썼다.

매우 깊은 방갓이라서 입까지 거의 다 가렸다. 하지만 대나무로 짠 성긴 것이라서 방갓의 틈새로 밖이 훤하게 다 내다보였다.

전에는 느끼지 못했던 것인데 그런 좁은 틈새로도 세상이 보인다는 사실이 신기했다.

그걸 보고 사람의 눈만 가리면 세상하고 완전히 차단된다는 당연한 사실을 깨달았다.

방갓을 쓰고 거리로 나서니까 매우 거추장스러웠으나 참을 수밖에 없었다.

좀 한적한 곳의 주루를 찾으려고 걷다 보니까 방갓이나 죽립, 삿갓 등 여러 종류를 쓰고 다니는 사람이 의외로 많다는 사실을 발견했다.

그가 방갓에 대해서 관심이 없었을 때에는 눈에 보이지 않다가 직접 쓰고 다니니까 눈에 많이 띄는 것이다.

방갓을 쓰고 다니면 오히려 사람들이 더 이상하게 여기지 않을까 하는 염려는 그로써 사라졌다.

대무영은 현 내에서 꽤 벗어난 평범한 주루에 들어갔다.

여기저기 대여섯 명의 손님이 있는데 장사치나 이곳 사람들뿐 강호인으로 보이는 사람은 한 명도 없어서 방갓을 벗었다.

대무영으로부터 탁자 두 개 건너에 세 명의 장사치가 꽤 시끄럽게 대화를 하고 있으나 그는 개의치 않고 간단한 요리를 주문했다.

그들은 어떤 미친 여자에 대해서 대화하고 있었다. 서로 자기가 아는 것이 더 많고 정확하다는 내기라도 하려는 듯 손짓 발짓 해가면서 점점 더 언성이 높아졌다.

보통 강호인들은 명성이 높아질수록 안하무인이 되는 경향이 심하지만 대무영은 전혀 그러지 않았다.

그는 자신과 가족에게 심각한 피해를 끼치는 강호인들만 상대할 뿐이지, 목적 이외의 사람들은 무엇을 하든 개의치 않았다. 그러므로 주루에서 다른 사람들이 떠드는 것쯤은 아무렇지도 않았다.

대무영은 주문한 만두와 계탕면(鷄湯麵)이 나오자 우선 만두 하나를 크게 입에 물었다.

"자네들 그 미친년이 누군지 모르지?"

우적우적 만두를 씹고 있는 대무영의 귓전으로 더 커진 장사치들의 대화가 흘러들었다.

"미친년인데 누군지 어떻게 알겠어?"

"자기가 누군지도 모른다던데?"

"헤헤… 나는 알지."

텁석부리 수염을 기르고 머리에 두건을 쓴 자가 자기가 이겼다는 듯 득의한 웃음을 지었다.

"자네들 옥봉검신 우지화라는 이름 들어봤나?"

텁석부리 사내의 입에서 '옥봉검신'이라는 말이 나오는 순간 대무영은 씹는 동작을 뚝 멈추었다.

미친년이 옥봉검신, 즉 주지화일 리가 없다. 그러면서 그는 바짝 긴장해서 다음 말에 귀를 기울였다.

"드… 들어봤네. 천하제일미 옥봉검신 말인가?"

"설마 미친년이 옥봉검신이라는 말인가? 어디서 그런… 말도 안 되네."

대무영이 슬쩍 쳐다보자 텁석부리는 한손에 술잔을 쥐고 다른 손을 휘두르며 게걸스럽게 웃었다.

"푸헷헷헷! 그렇지만 안타깝게도 그게 사실이라는 말씀이야! 미친년을 보고 강호인들이 수군거리는 말을 내가 직접 들었다니까?"

"강호인들이?"

"맙소사……."

텁석부리는 주루 내의 다른 사람들과 대무영까지 모두 자신을 쳐다보자 아주 의기양양해졌다.

"내가 한두 명에게 들은 게 아냐. 강호인들이 그녀를 보면서 옥봉검신이라고 수군거리며 군침을 흘리더라니까."

대무영은 더 듣지 않고 방갓을 쓰고 벌떡 일어나 그대로 주루를 나갔다.

그는 포구를 향해 전력으로 달렸다. 텁석부리의 말은 더 들어보지 않아도 된다.

주루에 앉아 있는 동안 그들이 하도 떠들어서 듣고 싶지 않아도 이미 들을 것은 다 들은 상태다.

어떤 미친년이 말 그대로 광인행각을 벌이고 있다는 얘기다.

아무 주루나 들어가서 먹고 마시고, 또 아무 점포나 들어가서 제멋대로 예쁘고 화려한 옷이나 보석, 장신구 따위를 집어간다고 했다. 물론 돈을 한 푼도 내지 않으니까 미친년이라는 것이다.

하지만 아무도 그녀를 제지하지 못한다고 한다. 무공이 그 야말로 신의 경지에 도달한 것처럼 고강해서 강호인들조차도 그녀에게 걸리면 뼈조차 못 추린다는 것이다.

더구나 그녀의 성미가 얼마나 포악하고 잔인한지 눈에 조금이라도 거슬리면 닥치는 대로 죽이든가 별별 엽기행각을 다 벌인다고 한다.

대무영은 미친년에 대한 얘기를 귓등으로 듣다가 텁석부리가 그녀를 옥봉검신이라고 말하자 정신이 번쩍 들었다. 미친년의 무공이 그처럼 고강하다면 주지화일 가능성을 전혀 배제할 수 없이 때문이다.

현재 그녀가 있는 곳이 광화현(光化縣)이라고 몇 번이나 똑똑히 들었다.

광화현이라면 이곳 곡성현에서 한수 바로 맞은편으로 엎드리면 코 닿을 곳이다.

밤이라서 포구에는 모든 배가 다 끊어졌다. 하지만 대무영은 많은 돈을 주고 배 한 척을 빌려 광화현으로 향했다.

뱃머리에 우뚝 서 있는 그는 더할 수 없이 착잡한 심정이다. 제발 광화현에 있다는 미친년이 주지화가 아니기를 간절하게 빌었다.

대무영이 낙양에 있을 때 마학사가 주선한 여덟 명의 도전자들을 상대하기 위해서 호천장에서 머물고 있는 동안 주지화는 홍화쌍접을 데리고 볼일을 보고 오겠다면서 훌쩍 길을 떠났었다.

솔직히 대무영은 이후 주지화에 대해서 그다지 생각하지 않았었다.

그녀가 어딜 무엇을 하러 갔을지 짐작해 본 적도 없다. 그저 말 그대로 볼일을 보고 돌아오겠지 하고 막연하게 생각한 게 전부다.

곡성현 포구에서 광화현으로 건너가는 배에서 반 시진 남짓 동안 대무영은 정말 많은 생각을 했다.

생각하지 않으려고 해도 주지화에 대한 생각이 꼬리를 물면서 머릿속이 가득 찼다.

그리고 남는 것은 후회뿐이다. 그는 주지화에 대해서 정말 아무것도 생각한 적이 없었다.

그에게는 가족이 최고였다. 그리고 뒤늦게 가담한 유조와

무영단 단원들이 그의 전부였었다.

주지화가 곁에 있을 때에도 그리고 떠난 후에도 그녀는 늘 그의 관심 밖이었다.

왜 그랬을까. 이제야 처음으로 그 원인을 생각해 보았다. 그러자 의외로 답이 쉽게 나왔다.

주지화는 대무영하고는 완전히 격이 다른 부류다. 그녀는 무엇 하나 부족함이 없는 최고 수준의 여자다.

그녀의 진정한 신분에 대해서는 아는 것이 없지만, 하나를 보면 열을 알 수가 있다.

단지 쳐다보기만 해도 그녀에게선 고귀함과 부유함이 줄줄 흐른다. 더구나 무공도 대무영을 능가할 정도다.

그래서 대무영은 주지화에게서 친밀감을 느끼지 못했었다. 그는 자신처럼 가난한 하층민이나 핍박을 받는 사람들에게서 동질감을 쉽게 느꼈다.

그런 점에서 주지화는 대무영이 좋아하는 조건을 전혀 갖추지 못했다. 오히려 거부감이 느껴질 정도다.

다만 그녀가 대무영이 막역한 친구라고 여기는 주도현의 누이동생이고 한 지붕 아래에서 부대끼며 지내다 보니까 이질감이 많이 희석됐다고 봐야 한다.

그러나 단지 그것뿐이다. 그녀는 친구의 누이동생이라는 것 말고는 대무영에게 아무것도 아닌 존재였던 것이다.

'나는 도대체 어떻게 생겨먹은 놈인가? 제대로 하는 게 아무것도 없지 않은가?'

광화현에 있다는 미친년이 주지화가 아니기를 간절히 빌면서 그는 주먹으로 쿵쿵 제 가슴을 두드리며 스스로를 질타했다.

'주지화, 아니, 지화도 내 가족이나 다름이 없다.'

그의 가족이 되는데 무슨 특별한 자격이 있는 것은 아니다. 그가 강호에 나와 인연을 맺어 가까운 사람이 됐으면 그것이 바로 가족인 것이다.

아란과 청향, 용구와 북설 등도 다 그런 식으로 만났다. 아니, 만남으로 치자면 오히려 주지화 쪽이 더 대무영에게 깊은 인상을 주었다. 뿐만 아니라 그녀는 주도현의 누이동생이 아닌가.

대무영은 해란화 등에게 기루를 차려주기 위해서 주지화에게 은자 백만 냥을 빌렸었다.

필요할 때만 그녀에게 손을 벌리고 급한 불을 끄고 나서는 그녀를 까맣게 잊어버렸다.

이제 와서 생각해 보니까 그는 주지화에게 잘해준 것이 하나도 없었다.

'그녀가 정말 지화라면… 나는 어떻게 주 형의 얼굴을 볼 수 있다는 말인가.'

주도현의 얼굴을 보고 못 보고의 문제가 아니다. 주지화가 도대체 어쩌다가 미쳐 버렸다는 말인가.

     ＊ ＊ ＊

 옛날에는 노하구(老河口)라고 불렸던 광화현은 곡성현보다 두 배 이상이나 크고 번화했다.
 한밤중인데도 거리는 불야성을 이루었으며 수많은 사람들이 물결처럼 오가고 있었다.
 호북성과 하남성의 접경지역이라서 남북의 산물들이 교차하고 쌓이며 거래되는 곳이기 때문이다.
 그러나 대무영은 주지화를 찾기 위해서 그다지 많은 노력을 쏟지 않아도 되었다.
 거리에서 처음 만난 강호인처럼 보이는 사내에게 '옥봉검신' 이라는 말을 꺼내자마자 그자는 누군가 물어보기를 기다렸다는 듯이 입에 침을 튀겨가면서 매우 친절하게 그녀가 있는 곳을 가르쳐 주었다.
 강호인 사내가 가르쳐 준 장소는 광화현에서도 가장 번화한 거리 한복판의 으리으리한 주루였다.
 주루 입구에는 헤아릴 수 없을 정도로 많은 구경꾼들이 겹겹이 원을 형성한 채 구경을 하고 있었다.

대무영이 구경꾼들을 뚫고 주루로 다가가니 입구 바깥쪽 땅바닥에 십여 명이 패대기쳐져 있었다.

모두 머리가 으깨졌거나 몸통이 박살나고 팔다리가 부러진 참혹한 모습인데 하나같이 죽었거나 중상을 입은 모습으로 널브러져 있었다.

누구 짓인지 보지 않았어도 알 것 같았다. 강호인들이 찝찝거리니까 주지화라고 짐작하는 여자가 이 지경으로 만들었을 것이다.

주루 문이나 창은 굳게 닫혀 있어서 안에서 무슨 일이 벌어지고 있는지 알 수가 없다.

"꺼져라!"

퍽! 와장창!

그때 갑자기 창이 박살 나면서 주루 안에서 하나의 시커먼 물체가 밖으로 쏘아 나오자 구경꾼들이 놀라서 급히 사방으로 흩어졌다.

그러나 시커먼 물체는 미처 피하지 못한 구경꾼 몇 명을 덮치면서 한꺼번에 땅에 나뒹굴었다.

"우와악!"

"흐이익!"

시커먼 물체, 즉 한 명의 강호인이 오른손에 한 자루 검을 움켜쥔 채 눈을 부릅뜨고 입에서 피를 쿨럭쿨럭 쏟고 있는데,

그의 미간에 손톱만 한 구멍이 뻥 뚫려 있는 것을 보고 사람들이 질겁했다.

'천신지!'

대무영은 그자의 미간에 뚫린 구멍 주위에 은은한 금빛이 물들어 있는 것을 보고 그자가 당한 수법이 무엇인지 단번에 알아보았다.

예전에 그는 주지화와 처음 만나서 치열하게 싸울 때 그녀가 몇 차례나 소름 끼칠 정도로 위력적인 지풍을 사용하는 것을 직접 체험했었다.

나중에 그녀와 친해졌을 때 그것이 무어냐고 물으니까 천신지라는 것이며, 자신이 직접 전개하여 보여주면서 특징에 대해서 자세히 설명해 주기도 했었다.

그렇다면 주루 안에 있는 미친년, 아니, 옥봉검신 우지화라고 소문이 난 여자는 주지화가 분명하다.

설마설마했는데 주지화였다. 대무영은 마침내 냉엄한 현실 앞에 맨몸으로 마주하고는 가슴이, 아니, 심장이 서늘해지는 것을 느꼈다.

방갓을 깊숙이 눌러쓴 대무영은 잔뜩 모여 있는 구경꾼들을 쳐다보았다.

이제부터 그가 주루 안에 들어가서 주지화하고 벌어질 일이 강호에 소문나지 않게 하려면 구경꾼들을 쫓아 보내야겠는데 마땅한 방법이 없다.

"술 더 가져와라."

그때 주루 안에서 카랑카랑한 여자의 목소리가 들렸다. 그런데 그것은 너무도 귀에 익은 주지화의 목소리가 분명해서 대무영은 안색이 변했다.

그가 더 이상 견딜 수가 없어서 주루 입구로 걸어가자 모여선 구경꾼들에게서 소요가 일었다.

뒤쪽 여기저기에서 대무영에게 들어가지 말라고 말리는 소리가 들리기도 했지만 그는 듣지 못한 듯 주루 문을 밀고 성큼성큼 안으로 들어갔다.

차륵…….

주렴을 걷고 들어선 주루 내의 풍경은 그야말로 아수라장이었다.

우선 대무영의 시선을 제일 먼저 잡아끈 것은 주루 바닥 여기저기에 쓰러져 있는 다섯 명의 강호인이었다.

그들의 모습 역시 목불인견으로 끔찍했으며 모두 숨이 끊어진 지 오래였다.

그들 역시 옥봉검신이라는 소문을 듣고는 몰려와 그녀를 어떻게 해보려고 덤벼들었다가 이 지경이 된 듯했다.

탁자와 의자들이 죄다 박살 나서 흩어져 있고, 요리와 그릇, 술병 따위가 깨져서 바닥에 그득했다.

또한 한쪽에는 주루 주인과 두 명의 점소이가 극도로 공포에 질린 표정을 지은 채 나란히 서 있었다.

그러나 그런 하잘 것 없는 것들은 대무영의 시선을 오래 붙잡아두지 못했다.

그의 시선은 곧 주루 한가운데 탁자 앞에 혼자 앉아서 술을 마시고 있는 한 여자에게 날아가 꽂혔다.

순간 대무영의 눈이 커졌다. 그녀는 과연 그가 그토록 노심초사하며 속을 끓였던 주지화가 분명했다.

한데 지금 그녀가 하고 있는 모습은 예전하고는 천양지차였다. 아니, 아예 딴 사람처럼 보였다.

일신에는 알록달록 십여 가지 색깔이 섞인 요란하고도 화려한 옷을 입고 있었다.

그리고 매우 짙은 화장을 했는데 어찌 보면 요염하기도 하고 또 달리 보면 꿈에 나올까 무서울 정도로 섬뜩하기도 한 모습이었다.

그렇지만 한 가지 변함없는 것은 주지화가 여전히 눈부시게 아름답다는 사실이었다.

"넌 뭐냐?"

주지화의 전혀 딴판인 모습에 대무영이 놀라고 있는데 그녀가 술을 입안에 쏟아붓고는 힐끗 쳐다보며 눈가루가 휘날리듯 싸늘하게 내뱉었다.

슥—

대무영은 그녀에게 자신의 얼굴을 보이려고 방갓을 벗고 천천히 그녀에게 걸어갔다.

"꺼져라!"

그러나 주지화는 다가오는 대무영을 향해 오른손을 들어 올리며 중지를 뻗었다. 그녀는 대무영을 알아보지 못하는 것이 분명했다.

대무영은 착잡한 마음을 금치 못했다. 그는 그녀가 천신지를 발출하려는 것을 직감했으나 피하지 않았고 걸음을 멈추지도 않았다.

"지화야."

막 천신지를 발출하려던 주지화는 흠칫하며 대무영을 바라보았다.

그리고 그녀의 쥐를 잡아먹은 것처럼 새빨간 입술이 약간 벌어졌다.

"무영가……."

"지화, 나를 알아보겠느냐?"

대무영은 탁자 맞은편에 멈추며 반가운 표정을 지었다.

그러나 주지화의 두 눈은 초점 없이 몽롱했다.

"지화… 그거 나를 부른 것이냐?"

대무영은 고개를 끄떡였다.

주지화는 싸늘한 표정으로 왼손에 쥔 술잔으로 바닥에 죽어 있는 강호인들을 가리켰다.

"내 이름이 지화인 것은 나도 안다. 저놈들도 나를 옥봉검신 우지화라고 부르더군."

그녀는 천신지를 발출하려던 오른손을 내려 술병을 잡고 빈 술잔에 술을 따랐다.

"또한 나를 보는 놈들마다 모두 그렇게 불러서 내가 옥봉검신 우지화라고 알고 있다."

대무영의 얼굴빛이 흐려졌다.

'기억을 잃은 것이 분명하다.'

"그런데 너는 누구냐?"

그녀는 방금 전에 대무영을 '무영가'라고 불러놓고는 그가 누구냐고 다시 물었다.

대무영은 그녀가 기억을 잃었기 때문에 낙양의 하남포구로 돌아오지 않고 이런 곳에서 미친년이 되어 손가락질을 받고 있었던 것이라고 생각했다.

모르긴 해도 그녀는 이곳에 아는 사람이 없을 것이다. 즉, 무연고지다.

"지화야, 나를 모르겠느냐?"

"무영가……."

그가 '지화'라고 부르자 그녀는 또 눈빛이 몽롱해지면서

'무영가'라고 중얼거렸다.

'우지화'라는 말은 많이 들었을 텐데, 그렇다면 그녀는 대무영의 목소리에 반응하는 것인지도 몰랐다.

"내가 누구냐?"

"무영가."

그녀는 조금 전처럼 중얼거리지 않고 대답했다.

"그래, 내가 무영이다."

주지화의 눈이 보석처럼 반짝거렸다.

"무영가야?"

"그래."

대무영은 가슴이 미어질 것 같았다. 그녀는 기억을 잃은 것이 확실한데도 대무영의 목소리를 기억하고 있으며, 얼굴에 화색이 돌고 있지 않은가.

그는 주지화에게 아무것도 해주지 못했거늘, 그녀는 아련한 잠재의식 중에서 그를 기억하고 있는 것이다.

주지화는 술잔을 놓고 아련한 꿈을 향해 나아가는 듯한 표정을 지으며 이끌리듯 일어섰다.

"어천… 어천을 보여줘……."

어천은 그녀의 오빠 주도현이 헤어지면서 정표로 대무영에게 주고 갔던 목걸이다.

대무영이 주지화를 처음 만나 싸웠을 때에도 그녀는 그의 목에 걸려 있는 어천을 우연히 발견하고는 놀라서 공격을 멈추었다.

대무영은 즉시 목에서 목걸이 어천을 꺼내 보여주었다.

"여기 있다."

"아… 어천이야……."

주지화는 지옥 밑바닥에서 한줄기 희망의 빛줄기를 발견한 것처럼 해사한 표정을 지으며 두 손을 뻗어 어천을 조심스럽게 만졌다.

신기한 일이다. 기억을 잃어 이런 외딴 지역에서 미친년 취급을 받고 있는 그녀가 어떻게 무영의 목소리와 어천을 기억하고 있다는 말인가.

그런데 갑자기 어천을 어루만지던 그녀의 눈에서 소리 없이 눈물이 흐르기 시작했다.

"지화야……."

그녀는 어천을 놓더니 탁자를 빙 돌아서 대무영에게 가까이 다가와 두 팔을 벌려 그의 허리를 꼭 안았다.

"무영가가 어천을 갖고 있으니까 내 낭군이야… 그러니까 무영가는 영랑(英郞)이라고 불러야 해……."

대무영은 그녀의 말이 무슨 뜻인지 알지 못했다. 하지만 그녀가 그와 어천을 알아보고 또 그를 마치 피붙이처럼 대한다는 사실에 어쩌면 그녀를 치료할 수 있을지 모른다는 한 가닥 희망을 걸었다.

"영랑, 나 무서웠어……."

주지화는 그의 허리를 꼭 안고 가슴에 뺨을 묻은 채 계속 눈물을 흘리며 바들바들 떨었다.

대무영은 그녀가 이런 모습으로 얼마나 헤매었을지 상상하니까 또다시 가슴이 미어지는 것 같아 부드럽게 그녀의 머리를 쓰다듬었다.

그나마 그를 알아보는 것이 얼마나 불행 중 다행한 일이라는 말인가.

대무영은 그녀가 눈물을 그치고 품에서 떨어지기를 묵묵히 기다렸다.

하지만 그녀는 울음은 그쳤으나 꽤 오랜 시간이 지나도록 떨어질 생각을 하지 않았다.

"지화야."

"응……."

대무영이 부드럽게 부르자 그녀는 부스스 고개를 드는데 감고 있던 눈을 비죽이 조금 떴다.

믿어지지 않게도 그녀는 대무영을 안은 채 품속에서 잠이 들었던 것이다.

그녀는 졸음이 가득 담긴 감기려는 눈을 간신히 뜨고 중얼거렸다.

"졸려……."

대무영은 그녀가 왜 졸린 것인지 깨달았다. 그녀의 신분이 옥봉검신이라고 알려진 이후 신위인 그녀에게 도전을 하거나 천하제일미인 그녀를 범하기 위해서 시도 때도 없이 고수들이 몰려들어서 괴롭혔을 것이다.

그런 상황에서 어찌 잠인들 제대로 잘 수 있었겠는가. 아마도 뜬눈으로 지새우거나 틈틈이 말뚝잠을 잔 것이 전부였을 것이다.

"가자."

대무영은 주지화를 번쩍 안아들었다. 이어서 겁에 질려 있는 주루 주인에게 물었다.

"뒷문이 어디요?"

第三十七章
한줄기 희망

주루에서 나온 대무영은 잠든 주지화를 등에 업고 자신의 상의를 뒤집어써서 그녀의 모습을 감추고는 어둠 속 골목으로 사라졌다.

얼마 후 그는 광화현 포구로 가서 작은 배 한 척을 빌려 타고 다시 곡성현으로 건너갔다. 그러는 동안에도 업고 있는 주지화를 내려놓지 않았으며, 그녀는 업힌 채 줄곧 깊은 잠에 빠져 있었다.

지금 광화현에는 옥봉검신 우지화가 미친년 모습으로 활보하고 있다는 소문이 파다하게 퍼졌을 테니까 일단은 그녀가 광인행각을 벌였던 광화현에서 되도록 멀리 떨어지는 것이 좋다고 판단했다.

그는 곡성현을 그냥 지나쳐 무당산을 향해 달렸다. 곡성현에서 머무는 것도 안심이 되지 않았다.

원래 그의 목적지는 무당산이었으니까 무작정 그곳으로 향한 것이다.

그는 무당산을 십여 리쯤 남겨둔 곳에 죽파촌(竹波村)이라는 마을이 있다는 사실을 알고 있다.

그곳은 이백여 호의 아담한 마을이지만 천하명승지인 무당산이 지척에 있는 까닭에 몰려드는 유람객들을 위한 주루나 객잔이 여러 곳 있다. 거기까지 가야 조금쯤은 안심이 될 것 같았다.

대무영이 죽파촌의 객잔에 도착할 때까지도 주지화는 깊은 잠에서 깨지 않았다.

몹시 피곤했었고 또 대무영을 믿기 때문에 긴장이 풀려서 그러는 것 같았다.

대무영이 그녀를 객방 안 침상에 조심스럽게 눕히자마자 그녀는 곧 눈을 뜨며 벌떡 일어나 앉았다.

언제 잤느냐는 듯 초롱초롱한 눈빛으로 두리번거렸고 얼굴에는 불안한 표정이 가득했다.

그러다가 침상 옆에 대무영이 서 있는 것을 보고서야 안도의 표정을 지으며 손을 뻗어 그의 팔을 잡았다.
"영랑."
그녀는 아까 광화현의 주루에서 불렀던 호칭을 잊지 않고 있었다.
또한 그녀는 귀에 익은 목소리를 내는 대무영의 얼굴을 이제는 인지한 것 같았다.
대무영은 침상에 걸터앉아 그녀를 반듯이 눕히고 머리를 쓰다듬었다.
"피곤해 보인다. 어서 자라."
"영랑 어디 안 갈 거지?"
"그래."
주지화는 배시시 미소를 짓더니 눈을 감았다.
문득 대무영은 주지화가 무엇 때문에 기억을 잃었는지 궁금해졌다.
그렇다고 해서 기억을 잃은 그녀에게 묻는다고 무슨 소용이 있겠는가. 아마도 누군가와 싸우다가 상처를 입었을 가능성이 컸다.
하지만 그녀가 옷을 입고 있어서 몸을 살피는 것은 여의치 않았다.
겉으로 드러난 얼굴은 화장을 짙게 했을 뿐이지 별다른 이상은 없는 듯했다.

아마도 몸 어딘가에 상처를 입었을 텐데 어떻게 확인을 해야 할지 방법이 서지 않았다.

"지화야."

"응?"

그가 조용히 부르자 주지화는 눈을 감은 채 잠결에 몽혼한 목소리로 대답했다.

"어디 다친 곳 없느냐?"

"다친 곳… 여기……."

그녀는 눈을 감은 채 중얼거리면서 손을 뻗어 자신의 아랫배를 쓰다듬었다.

대무영은 그녀의 얼굴과 배를 번갈아 쳐다보다가 조심스럽게 상의를 들어 올리려고 했다. 그런데 그녀가 갑자기 상의를 위로 확 끌어 올렸다.

"여기……."

"……."

대무영은 그녀의 갑작스런 행동에 깜짝 놀랐다가 그녀의 배를 보고는 소스라치게 놀라고 말았다.

"맙소사……."

그 말 외에는 달리 할 말이 없었다. 그녀의 작고 아담하며 날씬한 아랫배에는 가로로 비스듬히 대무영의 큰 손으로 한 뼘 정도의 흉터가 있었다.

아니, 그것은 아직 채 아물지 않았기 때문에 상처라고 해야 마땅하다.

상처의 폭이 넓고 두툼한 것으로 미루어 검이 아닌 도에 베인 것이 분명했다.

이 정도였으면 한 줌도 안 될 것 같은 그녀의 몸통이 동강 나지 않은 것이 이상할 정도다. 상처를 입었을 당시에는 매우 심각한 중상이었을 것이다.

"누가 이랬느냐?"

그는 착잡함과 분노 때문에 그녀가 기억하지 못할 것이라는 사실을 잠시 망각하고 이를 갈며 중얼거렸다.

그녀는 대답이 없었다. 기억하지 못할뿐더러 벌써 깊은 잠에 빠져 있었다.

색색거리며 고르게 숨 쉬는 소리가 들렸다. 가엾은 주지화. 어쩌다가 이런 끔찍한 상처를 입었는지 상상하는 것만으로도 소름이 끼쳤다.

"……!"

그런데 문득 상처를 보던 대무영의 시선에 또 다른 이상한 것이 띄었다.

그녀가 상의를 젖 가리개 위까지 들어 올렸는데 가슴 한복판에 불그스름한 것이 보인 것이다.

슥!

놀란 그는 상의를 목까지 걷어 올리고 살펴보다가 눈을 부릅떴다.

주지화의 탐스럽고 흰 젖가슴 한가운데 오목한 부위에 뭔가에 찔린 듯한 상처가 있었다. 상처가 크지 않은 것으로 미루어 예리한 검에 찔린 것 같았다.

대무영은 너무 놀라서 숨까지 멈추었다. 그러다가 그는 혹시 하는 생각에 자고 있는 그녀의 몸을 뒤집었다. 젖 가리개가 묶여 있어서 풀었더니 아니나 다를까 등 한복판에도 검에 찔린 상처가 선명하게 나 있었다.

"이런……."

대무영은 상처를 어루만지며 아연실색하고 말았다. 검이 등에서 가슴 한복판으로 관통된 것이다.

아랫배에 도로 베인 상처와 더불어 가슴의 관통상까지 두 개의 치명적 상처는 주지화를 죽음으로 내몰 수도 있었다. 그녀가 살아 있는 것이 정말 기적이다.

대무영은 혹시 다른 상처가 있을지 몰라서 아예 상의를 완전히 벗겼다.

그 와중에 조금 전에 풀어놓은 젖 가리개가 상의와 함께 벗겨지며 한 쌍의 젖가슴이 출렁하고 드러났다.

그러자 대무영의 눈길이 무의식중에 젖가슴으로 향했다.

가냘픈 몸매에 비해서 제법 크고 풍만한 젖가슴이 그의 시선 끝에서 아직도 가볍게 흔들리고 있었다.

그리고 한 번도 세상에 모습을 드러내지 않았을 듯한 조그맣고 연분홍의 유두가 흔들리면서 수줍어했다.

그러나 그는 곧 마음을 다잡고 주지화를 똑바로 눕힌 후에 상체를 다시 자세히 살펴보았다.

그렇게 보니까 새로운 것이 눈에 띄었다. 가슴 한복판의 검에 관통된 부위인데 그곳에 흐릿한 손바닥 자국이 새겨져 있었다.

'장풍이다.'

검에 관통된 것이 먼저인지, 아니면 장풍이 먼저인지는 몰라도 같은 부위에 검과 장풍을 겹쳐서 당한 것이다.

주지화 같은 절정고수의 몸에 아직도 장인(掌印)이 남아 있을 정도면 적중됐을 당시에 엄청난 충격을 받았을 것이 분명하다.

모르긴 해도 내장이 으스러지고 장기가 파열됐을 것이고 혈맥도 도막도막 끊어졌을 터이다.

또다시 주지화의 상체를 자세히 살펴봤지만 상처는 세 곳이 전부였다.

하나의 상처만으로도 능히 목숨을 잃을 정도의 중상을 세 개씩이나 당한 채 그녀는 지금껏 목숨이 붙어 있었다. 과연 무엇이 그녀로 하여금 기억을 잃으면서까지 죽지 못하게 붙잡고 있는 것일까.

대무영은 그런 주지화가 너무도 안쓰러워서 심장이 쥐어짜는 것처럼 아팠다.

그리고 죽지 않고 살아서 이렇게 그의 앞에 다시 나타나 준 것이 진심으로 고마웠다.

만약 그가 무당산에 가겠다고 곡성현으로 오지 않았으면 그녀의 소문을 듣지 못했을 것이고, 그러면 그녀는 계속 미친년으로 남아서 무수한 고수에게 시달리며 정처 없이 떠돌아다녔을 것이다. 그러다가 아무도 모르는 곳에서 쓸쓸하게 객사했을지도 모른다.

그가 무당산으로 향하고, 그녀가 광화현에서 광인행각을 벌이고 있었던 것은 그야말로 활과 과녁이 제대로 들어맞은 궁적상적(弓的相適)의 조우였다.

그는 내친 김에 그녀의 하체까지 살펴볼 요량으로 바지를 벗겼다.

지금 그는 그녀의 눈부신 육체 같은 것은 아예 눈에 들어오지도 않았다.

그녀가 이 지경이 됐다는 사실에 충격을 받고 가슴이 벌렁거리기만 할 뿐이다.

아기 손바닥만 한 젖 가리개와 은밀한 부위를 가린 속곳만을 걸쳤을 뿐 그녀는 전라나 다름이 없는 모습이다. 아마 이런 모습은 타인, 특히 남자에겐 한 번도 내보인 적이 없었을 것이다.

대무영은 그녀의 하체를 세밀히 살펴봤지만 상처는 한 군데도 없었다.

속곳에 시선이 갔으나 설마 음부에 상처를 입었을 것이라는 생각은 들지 않았다.

그는 갈가리 찢어지는 듯한 심정으로 물끄러미 주지화를 굽어보았다.

그녀가 너무 불쌍하고 또 죄책감이 들어서 어찌해야 할지 갈피를 잡지 못했다.

그러나 한 가지 분명한 것은, 무슨 일이 있어도 그녀를 보호해야겠다는 책임감이 들었다는 사실이다.

그런데 복부와 가슴의 상처가 심하기는 해도 그것 때문에 기억을 잃었을 것 같지는 않았다. 기억이라는 것은 머리가 하는 일이기 때문이다.

'혹시 머리에?'

그는 주지화의 머리를 살펴보기 위해서 그녀 옆에 나란히 누워 조심스럽게 머리를 들어 올렸다.

"음……."

그러자 그녀가 잠결에 그의 품으로 파고들어 허리를 꼭 안고는 몹시 행복한 표정을 지었다.

그는 잠시 기다렸다가 조심스럽게 그녀의 머리를 두 손으로 만지며 살피기 시작했다.

그런데 틀어 올린 머리를 어떻게 푸는지 몰라서 애를 먹다가 여러 개의 비녀와 장신구 따위를 뽑고 겨우 삼단 같은 머리카락을 풀 수 있었다.

'있다!'

한동안 세밀하게 머릿속을 더듬던 손가락 끝에 무언가 움푹 파이고 까칠한 것이 만져졌다.

머리카락을 헤치고 자세히 들여다보았다. 그녀의 머릿속은 박속처럼 하얀데 뒤통수 약간 오른쪽에 불그스름한 곳이 있다. 그런데 놀랍게도 그곳이 엄지손톱 크기로 움푹 꺼져 있었다.

뭔가 단단한 것에 얻어맞았든가 아니면 어딘가에 심하게 부딪친 것 같았다.

'이거로구나……'

대무영은 눈을 빛냈다. 상처에는 아직 피가 엉겨 붙은 징그러운 모습이다.

그는 이것 때문에 주지화가 기억을 잃었을 것이라고 거의 확신했다.

심하게 맞거나 부딪치며 머리뼈가 파이면서 뇌에 충격이

가해진 것이리라.

원인을 알게 되었으니까 이제는 유명한 의원을 찾아가서 치료를 받으면 기억이 회복될 수도 있을 것이라는 희망이 생겼다.

그는 떨어지지 않으려는 주지화를 어렵사리 떼어내서 똑바로 눕히고 옷을 입힐까 하다가 자고 있는데 옷을 입히면 깰 것 같아서 그냥 이불을 덮어주었다.

이어서 그녀 옆에 앉아 물끄러미 굽어보며 차근차근 생각을 정리해 보았다.

'지화를 공격한 자들은 최소 여섯 명 이상이다.'

복부를 가른 것이 도. 가슴을 관통한 것은 검. 그리고 그 자리에 장풍. 그러면 세 명이다.

하지만 신위 주지화가 세 명하고 싸우다가 그들 모두에게 당했다고 볼 수는 없다.

그래서 세 명의 두 배인 여섯 명을 최소로 잡은 것이다. 그러나 정말 주지화를 이 지경으로 만들려면 세 명의 세 배, 아홉 명 이상은 있어야 한다.

그것도 쟁천십이류의 여섯 번째 왕광이나 일곱 번째 존야 이상의 실력자들이어야만 했을 것이다.

그런 절정고수 아홉 명이 주지화를 합공했다면 결코 우연히 벌어진 일이 아니다.

치밀한 계획하에 그녀를 미행하거나 함정에 몰아넣은 다음에 합공을 했을 것이다.

'그런 쟁쟁한 실력을 지닌 자가 아홉 명씩이나 무엇 때문에 지화를 공격……'

순간 그의 뇌리를 번쩍 스치는 것이 있다.

'소매곡!'

지금 이 순간에 떠오르는 것은 그것밖에 없다. 하지만 주지화가 당한 상황하고 딱 맞아떨어진다.

낙양 호천장 뒤 갈대숲에서 낚시를 하고 있을 때 급습을 했던 소매십팔혼이라는 자도 정말 고강하지 않았는가. 그자는 대무영에게 중상을 입히기까지 했었다.

그런 자들 아홉 명이 주지화를 합공했다면 그녀도 어쩔 수 없이 속수무책으로 당하고 말았을 것이다.

알고 있는 것이 오로지 소매곡 하나뿐이지만, 대무영은 주지화를 이 지경으로 만든 것이 소매곡의 고수들일 것이라고 거의 확신했다.

그의 두 눈에서 시퍼런 살기가 번뜩였다.

'만약 지화를 이런 꼴로 만든 것이 소매곡이라고 드러난다면, 무슨 일이 있어도 그놈들을 모조리 죽이고야 말겠다……!'

그는 혼자 이를 드러내고 분노를 삭이느라 씨근거렸다.

　　　　＊　　　＊　　　＊

 다음날 아침에 대무영이 눈을 떴을 때까지도 주지화는 곤하게 자고 있었다.
 객방에 침상이 하나뿐이라서 지난밤에 그는 주지화 옆에 누워서 잠을 청했었다.
 깨어나니까 이불 속에서 그녀가 하체의 속곳 하나만 걸친 벌거벗은 몸을 잔뜩 웅크리고 그의 품에 폭 안긴 채 잠들어 있었다. 입을 약간 벌리고 매우 편안하게 고른 숨을 내쉬고 있었다.
 주지화가 길을 잃고 헤매는 한 마리 상처 입은 새라면, 대무영은 그녀를 감싸주는 포근한 둥지다.

 "곧 돌아오마."
 주지화의 알록달록하고 화려한 옷이 너무 눈에 띄어서 평범한 새 옷과 얼굴을 가릴 방갓을 사러 나가려니까 그녀는 한사코 그의 옷자락을 잡고 놔주지 않았다. 같이 나가자는 것이다.
 그러나 지금 주지화의 꼴은 가관도 아니다. 짙은 화장을 한 상태에서 그냥 자고 일어났기 때문에 화장이 엉겨서 푸석푸

석한 모습에다가 머리는 풀어서 산발을 했다.

 게다가 일어나자마자 주섬주섬 울긋불긋한 옷까지 입었으니 귀신이나 도깨비 꼬락서니였다.

 "지화야. 네 꼴을 잘 봐라."

 그녀는 자신의 모습을 이리저리 둘러보았다.

 "어때서?"

 "이런 해괴한 모습으로 밖에 나가면 모든 사람이 널 쳐다볼 것이다."

 "이게 해괴해?"

 "그렇지."

 대무영은 그녀의 더부룩한 머리카락을 넘겨서 바로 해주며 차분히 설명했다.

 "사람들이 널 공격하고 괴롭혔었지?"

 "응."

 "이런 해괴한 꼴을 하고 다니니까 사람들 눈에 금방 띄어서 그러는 거야. 보통 사람들처럼 평범한 모습을 하면 널 알아보지도 못하고 그래서 괴롭히는 일도 없을 것이다."

 주지화는 알아들었다는 듯 눈을 반짝였다.

 "아! 그랬었구나?"

 "내가 나가서 평범한 옷과 머리에 써서 얼굴을 가리는 방갓을 사 가지고 오마. 네가 그것을 입으면 우리 함께 길을 떠나자꾸나."

그래도 주지화는 초롱초롱한 눈으로 그를 바라보며 안심이 되지 않는 표정을 지었다.

"꼭 돌아올 거지?"

"그럼. 꼼짝하지 말고 여기에서 기다려야 한다."

"알았어, 영랑."

그녀는 마지못해서 고개를 끄떡이며 옷자락을 놔주었다.

대무영은 옷과 방갓을 사서 급히 객방으로 돌아왔다. 주지화가 어디론가 훌쩍 가버렸거나 사고를 쳤으면 어떻게 하나 걱정을 했었는데, 막상 객방에 돌아와 그녀를 보고는 웃음이 나오고 말았다.

대무영이 나갈 때 주지화는 침상 위에 방문 쪽을 향해서 책상다리로 꼿꼿하게 앉아 있었는데 지금도 움직이지 않고 그대로 있었기 때문이다.

대무영은 자신이 나간 이후로 그녀가 줄곧 그 자세로 있었다는 사실을 깨닫고 웃음이 난 것이다.

"왜 웃어?"

"계속 그렇게 앉아 있었느냐?"

"영랑이 꼼짝하지 말라고 했잖아."

"그랬었지."

"갑갑해 죽겠어. 이제 움직여도 돼?"

대무영은 그녀에게 옷을 내밀었다.

"이것으로 갈아입자."

"응."

그녀는 침상에서 발딱 일어나더니 입고 있는 옷을 거침없이 활활 벗었다.

"지화야, 내가 보고 있는데 그렇게 옷을 함부로 막 벗으면 안 돼."

대무영이 급히 외면하면서 지적을 하자 그녀는 상의를 벗고 하의를 벗으려다가 뚝 멈추었다.

"영랑은 내 낭군인데 뭐 어때?"

대무영은 주지화의 낭군, 즉 남편이 아니다. 하지만 그것을 미주알고주알 설명하는 것은 곤란하다. 기억을 잃은 그녀로서는 오로지 대무영이 낭군이라는 사실 하나에 매달려 있기 때문이다.

"그래도……."

"어젯밤에 영랑 내 몸 다 봤잖아."

"……."

대무영은 할 말을 잃고 멋쩍은 표정을 지었다. 어젯밤에는 그녀의 상처를 살피기 위해서 제정신이 아닌 상태에서 그랬었던 것이지만, 어쨌든 엎어 치나 메치나 매한가지다. 본 것은 본 거다.

 주지화는 명랑하게 웃으면서 하의마저 훌러덩 벗었다.

 "세상에서 딱 한 사람 영랑만 내 몸을 봐도 돼."

 이런 시골구석에는 주지화 머리의 상처를 치료할 만한 실력 있는 의원이 없었다.

 그래서 몸의 상처라도 치료받으려고 했으나 그녀가 다른 사람에게는 죽어도 몸을 보여주기 싫으며, 만약 보여주면 반드시 그자를 죽여야 한다고 해서 어쩔 수 없이 대무영이 약을 받아가지고 다시 객잔으로 돌아왔다.

 대무영은 그녀의 상처에 약을 발라주면서 이런저런 이야기를 해주었다.

 그녀에게 오빠가 있다는 사실과, 대무영과 주도현이 어떻게 해서 만나 친하게 되었는지, 그리고 그녀하고의 만남과 무란청 집에서 함께 생활했던 일 등을 설명했다.

 주지화는 그에게 몸을 맡긴 채 한마디도 놓치지 않고 들으려고 애썼으며 중간에 궁금한 내용이 있으면 이것저것 묻기도 했다.

 치료가 끝났을 때 대무영의 이야기도 끝났다. 하지만 주지화의 의문은 끝나지 않고 계속됐다.

 그녀는 자신과 오빠 주도현, 그리고 대무영에 관한 것들을 알고 싶어 했다.

그리고 대무영이 마지막에 해준 말, 그녀를 이 지경으로 만든 자들이 소매곡이 확실하다는 것과, 그것을 알아내기 위해서 자신이 무당파에 가는 길이라는 것에 대해서 제일 관심이 많았다.

"그렇다면 내가 기억을 잃은 거로군."

그녀는 자신의 뒷머리 상처를 만지면서 잘근잘근 입술을 깨물었다.

"영랑의 말을 들어보니 소매곡이라는 자들이 나를 이렇게 만든 것이 분명한 것 같아. 나는 그놈들하고 싸우다가 이렇게 된 거야."

"내 생각도 그렇다."

"소매곡 놈들을 한 놈도 남김없이 모조리 가장 잔인한 방법으로 죽여 버릴 거야."

"놈들의 짓이라는 것이 밝혀지면 나 역시 절대 소매곡을 용서하지 않을 것이다."

"영랑······."

방금까지 소름 끼치도록 싸늘한 표정을 짓던 주지화는 대무영의 말에 금세 연약한 소녀의 모습이 되어 살며시 그의 품에 안겼다.

대무영은 가녀린 체구의 그녀를 품에 안고 등을 다독였다.

"내가 있는 한 그 누구도 너를 건드리지 못할 것이다."
"고마워 영랑."
그녀는 작게 몸을 떨며 진심으로 기뻐했다.

주지화는 지금까지 하루에도 몇 차례씩이나 줄기차게 운공조식을 했다.
기억을 잃었지만 운공조식을 하는 방법은 잠재의식 속에 남아 있어서 본능적으로 하는 것 같았다.
그녀가 상처를 입은 시기가 정확하게 언제인지는 모르지만 꾸준히 운공조식을 해온 덕분에 상처와 내상이 빨리 아문 것일 게다.
더구나 내공이 심후하기 때문에 상처가 아무는 속도가 배가된 것이다.

　　　　　*　　　*　　　*

무당산은 그리 높지 않지만 험준하기로 유명하다.
숲이 울창하고 깊으며 깊은 계곡과 하늘을 찌를 듯한 간운폐일(干雲蔽日)의 봉우리들이 허다하다.
도교를 숭상했던 영락제는 '북쪽으로 자금성을 만들고 남쪽에는 무당을 세운다'라는 국책(國策)을 정하고 장장 십사

년에 걸쳐서 엄청난 돈과 정성을 쏟아 무당산에 삼십삼 개의 건축군락을 만들었다.

가정제 때에는 건축물이 더욱 늘어나 무려 이만 채에 이르게 되었다.

무당산의 모든 건축물은 도교의 신 '진무대제(眞武大帝)의 수행지'라는 뜻을 받들어서 천인합일(天人合一)사상이 반영되었다.

대무영과 주지화는 무당산 아래까지는 말을 타고 왔다.

주지화 자신은 다 나았다고 하지만 대무영이 봤을 때 성치 않은 몸이라서 배려하는 차원에서 말을 타고 가자고 제안한 것인데 정작 그는 말을 몰 줄 모른다.

그러나 주지화는 기억을 잃었으면서도 기가 막히게 말을 잘 다루었다. 머리나 몸에 익은 습관적인 것은 잊어버리지 않은 것 같았다.

뿐만 아니라 말을 고르는 데에도 일가견이 있어서 형편없는 말을 비싸게 팔아넘기려는 마방(馬房) 주인의 코를 납작하게 만들어주었다.

죽파촌을 출발하여 무당산 아래까지 삼십여 리를 오는 동안 대무영은 말을 모는 주지화 뒤에 앉아서 왔다.

그에게는 삼십여 리 짧은 거리가 삼천 리처럼 하염없이 멀게만 느껴졌었다.

왜냐하면 말에서 떨어지지 않으려고 두 팔로 주지화의 허리를 꼭 안을 수밖에 없었기 때문이다.

달리는 말 위가 그처럼 심하게 요동치는지 그는 난생처음 알았다.

그래서 떨어지지 않으려면 주지화의 가느다란 허리를 더욱 힘주어 끌어안아야만 했다.

말이 흔들리는 바람에 손이 조금만 위로 올라가면 젖가슴을 만지게 되고, 반대로 아래로 내려가면 본의 아니게 사타구니 쪽을 더듬게 됐다.

여자, 특히 주지화처럼 늘씬한 여자의 몸은 남자처럼 크지 않아서 손이 조금 움직여지기만 하면 은밀한 곳을 만질 수밖에 없었다.

더구나 너무 꼭 끌어안다 보니까 두 사람은 한 몸처럼 밀착되었다.

그러다 보니까 자연스럽게 그의 하체가 주지화의 둔부에 짓눌렸고, 그도 혈기왕성한 나이라서 어쩔 수 없이 아랫도리가 불끈 성이 났다.

그래서 음경이 그녀의 둔부에 닿게 하지 않으려고 몸을 옴찔거리다가 말에서 떨어질 뻔한 위기일발의 순간이 여러 번 있었다.

그처럼 단단하고 큰 것이 자신의 둔부를 찌르고 있는데 주지화가 그것을 모를 리 없을 터이다.

 그런데도 그녀는 무엇이 좋은지 깔깔거리며 웃다가 나중에는 대무영이 너무 세게 끌어안는 바람에 둔부가 그의 음경 위에 올라앉고 말았다.

 그래서 죽파촌에서 무당산까지 절반 이상의 거리는 그런 자세로 와야만 했다.

第三十八章

무당파(武當派)

두 사람은 무당산 아래 은밀한 숲 속에 말을 묶어놓고 나는 듯이 산 위로 달려 올라갔다.

주지화가 자꾸만 그의 팔을 잡는 바람에 나중에는 아예 손을 꼭 잡고 달렸다.

두 사람은 이윽고 무당파 산문 앞 해검지(解劍池)에 당도했으나 그냥 지나쳤다.

무당파를 방문하는 사람은 반드시 해검지에서 지니고 있는 무기를 풀어 해검지 옆 괘검수(掛劍樹)라는 나무에 묶어놔야만 하는 엄한 규칙이 있다.

두 사람은 똑같이 황의 경장에 똑같은 방갓을 쓴 모습이다. 대무영이 체구가 매우 크고 주지화는 그의 절반밖에 안 되는 체구지만 둘의 모습은 쌍둥이 같았다.

더구나 둘 다 똑같이 오른쪽 어깨에 검을 한 자루씩 메고 있었다.

대무영은 해검지를 지키고 있는 두 명의 젊은 무당제자의 얼굴을 보는 순간 그들이 누군지 즉시 알아보았다.

예전에 그가 무당파 근처에서 숨어 살면서 유운검법을 배우느라 무당파에 수없이 들락거릴 때 안면을 트고 지냈던 수십 명의 무당제자 중 두 명이었다.

그 당시에 그는 무당제자들하고 친해지려고 산에서 나는 버섯이나 나물, 열매 따위를 채취하여 거의 하루도 빠짐없이 무당파를 들락거리면서 무당제자들에게 뇌물로 주며 유운검법을 어깨너머로 배웠었다.

지금 해검지를 지키고 있는 두 명의 무당제자는 무당파의 삼대제자(三代弟子)이다.

일대제자(一代弟子)는 장문인과 장로 배분이 가르치는 제자들이고, 이대제자(二代弟子)는 일대제자의 제자들, 그리고 삼대제자는 이대제자의 제자, 사대제자(四代弟子)는 아직 사부가 정해지지 않은 전체 제자들을 가리킨다.

대무영은 두 명의 삼대제자를 알아보았으나 그들은 방갓

을 깊이 쓰고 있는 대무영을 알아보지 못하고 급히 다가오며 제지했다.

"두 분 도우, 해검을 하시오."

대무영은 걸음을 멈추고 뒤돌아섰다.

"우리는 무당파 장문인을 만나러 왔소."

과거에 그에게 무당파 삼대제자들은 하늘같은 존재여서 함부로 말도 붙이기 어려웠었다. 그러나 지금은 그들을 눈 아래로 굽어보는 입장이다.

두 명의 삼대제자는 어이없는 표정을 지었다. 무당파 장문인은 실로 굉장한 신분이어서 만나고 싶다고 아무나 만날 수 없기 때문이다.

"어림도 없는 소리요. 썩 물러가시오."

그때 주지화가 두 명의 삼대제자를 향해 오른손을 들어 올리는 것을 보고 대무영은 급히 그녀의 팔을 잡았다. 그리고 두 명의 삼대제자에게 물었다.

"어떻게 해야 장문인을 만날 수 있소?"

자신들이 방금 전에 주지화의 천신지에 죽을 뻔 했다는 사실을 까맣게 모르는 두 명의 삼대제자는 열흘 삶은 호박에 이빨도 들어가지 않는다는 표정을 지었다.

"두 분 도우는 절대로 장문인을 만날 수 없으니 그냥 돌아가시오."

대무영은 입씨름을 하고 싶지 않았다.

"현중이라는 무당제자를 아오?"

대무영이 불쑥 물었다. 대무영이 호천장에서 마지막으로 죽인 여덟 번째 도전자, 즉 소매곡의 소매십팔혼이 무당제자 현중이라고 마학사가 말했었다.

두 명의 삼대제자는 깜짝 놀랐다. 대무영이 장문인의 제자 이름을 들먹였기 때문이다.

"도우가 어떻게 현중 사형을 아시오?"

"내가 그를 죽였소."

"······."

"그 일로 장문인을 만나러 왔으니 안내하시오."

대무영은 삼대제자들하고 쓸데없이 왈가왈부하는 것이 싫어서 결정타를 날렸다.

두 명의 삼대제자는 크게 놀라더니 믿어지지 않는다는 표정을 지었다.

"정말이오?"

무당 장문인의 제자면 일대제자이고 무당파 내에서도 최고 이십 명 안에 꼽히는 고수인데 설마 대무영이 죽였을까 의심하는 것이다.

"믿고 안 믿는 것은 자유요."

그리고는 대무영은 입을 굳게 다물었다.

두 명의 삼대제자는 서로의 얼굴을 쳐다보더니 한 명이 급히 무당파 전문 안쪽으로 달려갔다.
그리고 혼자 남은 삼대제자는 긴장한 표정으로 대무영과 주지화에게 주의를 주었다.
"도망칠 생각은 하지 마시오."
조금 전에는 썩 물러가라고 으름장을 놓더니 이제는 도망치지 말라고 한다.

잠시 후에 한결같이 검을 멘 십여 명의 무당제자가 전문 안에서 쏟아져 나와 대무영과 주지화에게 달려왔다.
"현우(玄羽) 대사형, 이자들입니다."
조금 전에 전문 안으로 달려 들어갔던 삼대제자가 대무영과 주지화를 가리켰다.
'현우'라고 불린 무당제자는 통통한 몸집에 후덕해 보이는 인상으로 사십대 중반의 나이다.
그는 대무영 맞은편에 서서 정중하게 도호를 외웠다.
"무량수불… 도우께서 현중 사제를 죽였다고 들었는데 그게 사실이오?"
"그렇소."
현우, 즉 무당 장문인의 세 명의 제자 중에서 첫째 대제자인 그의 얼굴빛이 흐려졌다.

그는 이사제인 현중이 출타한 지 한 달이 넘도록 돌아오지 않고 있는 것을 이상하게 여기고 있던 중이었는데 그를 죽였다는 사람이 나타난 것이다.

"왜 현중 사제를 죽였소?"

"그것에 대해서 긴히 의논할 것이 있어서 장문인을 만나려는 것이오."

"그 이유를 우선 빈도에게 말하시오."

대무영은 방갓 속에서 흐릿하게 미소 지었다.

"그자의 좋지 않은 비밀이 까발려져도 상관없겠소?"

후덕한 인상의 현우는 움찔했으나 물러서지 않았다.

"말해주시오."

대무영으로선 할 만큼 했으니 굳이 말 못할 이유가 없다.

"그자는 많은 살인을 했소. 내가 알고 있는 것만 해도 네 건이오. 그리고는 낚시를 하고 있는 나를 죽이려고 강물 속에 숨어 있다가 습격을 했었소."

현우는 빙그레 미소 지었다.

"도우는 뭔가 잘못 알고 있는 것 같소. 현중 사제는 그럴 사람이 아니오. 혹시 다른 사람을 현중 사제라고 오해하는 것은 아니오?"

대무영이 현중의 용모를 자세히 설명하자 현우의 얼굴에서 미소가 사라졌다.

현중은 평범한 용모가 아니라서 대무영은 설명하는데 어려움이 없었다.

그리고 듣는 사람들은 그가 말하는 사람이 현중이라는 사실을 즉시 알아차렸다.

대무영은 무당제자들의 표정을 보고 자신이 죽인 자가 현중이 틀림없다고 확신했다.

"어떻소? 그에 대해서 더 설명해야 하겠소?"

현우는 심각한 표정을 지었다.

"도우를 장문인께 안내하기 전에 신분을 확인해야겠소. 도우는 누구시오?"

"강호에서는 나를 단목검객이라 부르고 있소."

"단목검객!"

현우뿐만 아니라 무당제자 모두의 안색이 급변했다. 현재 강호를 위진시키고 있는 쟁천십이류의 군주 단목검객에 대한 소문은 무당파에서도 잘 알고 있기 때문이다.

무당제자들 사이에서 긴장감이 흘렀다. 잠시 후 현우는 진중한 표정으로 요구했다.

"도우께선 방갓을 벗으시오. 진면목을 확인한 후에 장문인께 안내하겠소."

"그러기 싫소."

얼굴이 드러나면 자신이 예전에 무당파를 들락거리며 허

드렛일이나 하던 그 바보 같은 대무영이라는 사실이 밝혀지기 때문이다.

"무량수불… 도우께서 벗지 않겠다면 무력을 사용할 수밖에 없소이다."

스읏—

현우는 어깨에 검을 메고 있으나 검을 사용하지 않고 맨손으로 번개같이 대무영의 방갓을 향해 뻗었다. 금나수법으로 방갓을 벗기려는 것이다.

대무영이 비록 군주 단목검객이지만 자신은 그보다 고강하다고 믿기 때문에 수법을 펼친 것이다.

순간 대무영 옆에 서 있던 주지화가 현우보다 더 빨리 오른손을 뻗었다.

"죽이지 마라!"

피잉!

대무영이 급히 외쳤으나 주지화의 중지에서는 이미 은은한 금빛의 지풍 천신지가 발출되었다.

팍!

"흑!"

천신지는 대무영의 방갓을 벗기려고 뻗은 현우의 오른팔 팔뚝을 그대로 관통했다.

"으으……."

현우는 피가 뿜어지는 팔뚝을 움켜잡고는 고통으로 일그러진 얼굴로 비틀거리며 물러섰다.
 현우와 무당제자들 얼굴에 불신의 표정이 떠올랐다. 단목검객이 아닌 정체불명의 왜소한 사람이 무당 장문인의 대제자인 현우를 단 일 초식에 부상을 입혔다는 사실을 눈으로 보고서도 믿어지지 않았다.
 차차창!
 순간 무당제자들이 일제히 검을 뽑으며 대무영과 주지화를 공격하려고 했다.
 "멈춰라!"
 현우가 급히 외쳤다. 십여 명의 무당제자가 공격을 해봤자 모두 떼죽음을 당할 것이라고 생각하기 때문이다.
 물론 무당파 안에서 제자들이 대거 쏟아져 나오면 대무영과 주지화가 설사 날개가 달려 있다고 해도 빠져나가지 못할 것이다.
 하지만 대무영과 주지화의 실력으로 봤을 때 싸움이 벌어지면 필경 무당제자들이 수두룩하게 죽음을 당할 것이다.
 대무영은 조용히 말했다.
 "나는 단지 현중의 일로 장문인과 의논을 하기 위해서 왔을 뿐이오. 그래도 더 피를 보기를 원하오?"
 "음......"

현우는 지혈할 생각도 하지 못한 채 굳은 얼굴로 대무영과 주지화를 쳐다보다가 고개를 끄떡였다.
"알겠소. 장문인께 안내하겠소."
무당제자들이 현우의 피 흐르는 팔을 보고 걱정이 되어 몰려들었으나 그는 뿌리치고 스스로 지혈을 한 후에 전문을 향해 앞장섰다.
"갑시다."

*　　　*　　　*

무당 장문인 무학자는 신선을 방불케 하는 선풍도골의 외모를 지녔다.
나이를 짐작하기 어려운 풍모의 무학자는 탁자 맞은편에 앉은 대무영과 주지화를 담담히 바라보았다.
무학자 뒤에는 팔뚝에 붕대를 감은 모습인 대제자 현우와 셋째 제자인 현풍(玄風), 그리고 네 명의 장로인 무당사로(武當四老) 중에 세 명이 늘어서 있었다.
무당사로 중 한 명은 무림본청에 무림십오숙의 일인으로 나가 있는 중이다.
"자네가 단목검객인가?"
무학자는 대무영을 보며 잔잔한 목소리로 물었다. 도가 사람들은 중생을 '도우'라고 부르는데 그는 거침없이 '자네'라는 호칭을 사용했다.

"그렇습니다."

대무영이 말하고 나서 방갓을 벗자 주지화도 따라했다. 무당 장문인에 대한 예의이고, 이곳에서는 대무영의 얼굴을 아는 사람이 없기 때문에 마음 편하게 방갓을 벗은 것이다.

무학자 등은 영웅의 기상을 지닌 대무영과 천하절색인 주지화의 용모를 보고는 적잖이 놀라고 또 뜻밖이라는 표정을 지었다.

무학자와 장로들은 주지화가 지풍으로 현우의 팔을 관통했다는 보고를 이미 들었다.

그래서 군주인 단목검객 대무영만이 아니라 주지화도 절정고수일 것이라 짐작하고 있었다.

관상에 조예가 깊은 무학자는 대무영의 진면목을 보고는 그의 성품을 대충 파악했다.

그래서 그가 악인이 아니며 나쁜 목적으로 이곳에 온 것이 아니라는 사실을 짐작했다.

"현중에 대한 얘기는 들었네. 자넨 그 아이가 사람을 넷이나 죽였다고 했는데 누군지 아는가?"

"모릅니다."

대무영은 평소 대무당파의 장문인을 존경했었기에 최대한

정중하려고 애썼다.

"모른다?"

"그러나 현중이 죽인 네 명이 한 명의 공부와 세 명의 명협이라는 사실은 알고 있습니다."

"어째서?"

"제가 현중을 죽인 후에 품속을 뒤져보니까 공부증패 하나와 명협증패 세 개가 나왔습니다."

"음……."

무학자 뒤쪽에 서 있는 삼장로 중에 누군가 가볍게 신음을 흘렸다.

"그리고 이것이 나왔습니다."

슥—

대무영은 품속에서 현중에게서 나온 소매십팔혼이라고 양각된 명패를 내놓았다.

"소매곡."

무학자는 명패를 보자마자 가볍게 안색이 변하면서 나직이 중얼거렸다.

그 말은 그가 이미 소매곡에 대해서 알고 있다는 뜻이다. 그런데 무학자만이 아니라 삼장로도 충격을 받은 듯 무거운 표정이다.

"지금까지 한 말이 전부 사실인가?"

"그렇습니다."

무학자의 물음에 대무영은 그를 똑바로 쳐다보며 대답했다.

"자네를 습격하다가 죽은 자가 본 파의 현중이라는 것은 누가 알아보았는가?"

"마학사입니다."

혹시나 했던 무학자와 삼장로의 얼굴에 실망의 기색이 역력하게 떠올랐다.

천하무불통지인 마학사가 현중이라고 알아보았다면 틀림없기 때문이다.

무학자는 침중한 표정을 지었다.

"현중이 소매곡 사람이었다니······."

"저자도 소매곡 놈이야."

그런데 느닷없이 주지화가 불쑥 손을 뻗더니 한 사람을 가리켰다.

모두들 움찔하며 그녀가 가리킨 무학자의 셋째 제자 현풍을 쳐다보았다.

당사자인 현풍은 깜짝 놀라더니 곧 눈을 부릅뜨고 주지화에게 버럭 소리쳤다.

"무슨 헛소리를 하는 것이냐?"

주지화는 현풍에게서 시선을 떼지 않은 채 탁자의 명패를 가리켰다.

"이것을 보더니 저자가 아주 짧은 순간에 놀라는 표정을 지었어."

"닥쳐라! 누굴 모함하려 드는 것이냐?"

현풍은 입에 거품을 물듯이 길길이 날뛰었다. 그런 모습은 전혀 수양 깊은 무당제자답지 않았다.

무학자가 현풍을 보며 잔잔하게 말했다.

"풍아. 과민반응을 보이는구나."

"사부님……."

"네가 소매곡하고 연관이 있을 것이라고 우리는 아무도 믿지 않고 있는데 너의 지나친 반응을 보니까 이상한 생각이 드는구나."

현풍은 움찔하더니 닭똥 같은 눈물을 뚝뚝 흘렸다.

"사부님… 저는 억울합니다……."

"나를 봐라."

"사부님……."

"나를 똑바로 쳐다봐라."

현풍은 감히 거역하지 못하고 자세를 똑바로 하고 무학자의 얼굴을 조심스럽게 바라보았다.

무학자는 온화하고도 부드러운 눈빛으로 현풍을 바라보고, 현풍은 물끄러미 무학자를 바라보는데 시간이 지날수록 점점 얼굴이 일그러지면서 땀을 비 오듯이 흘렸다.

그러더니 결국 몸을 후드득 떨면서 그 자리에 무너지듯이 무릎을 꿇으며 울음을 터뜨리고 말았다.

"사부님… 크흐흐흑……."

무학자는 아무런 수법도 사용하지 않고 그저 아끼는 제자를 온화하게 바라보기만 했을 뿐이다.

단지 그것뿐이지만 현풍은 속이 뒤집어져서 낱낱이 까발려지는 것을 느꼈던 것이다.

현풍의 돌연한 행동은 그가 소매곡하고 연관이 있다는 사실을 시인한 것이나 다름이 없다.

현풍은 이마를 바닥에 대고 흐느끼면서 사죄했다.

"으흐흐흑… 용서하십시오, 사부님……. 현중사형의 회유에 그만 현혹되고 말았습니다……."

무학자와 세 명의 장로는 착잡한 심정을 금치 못했다.

"본 파에 현중과 너 이외에 소매곡하고 연관된 제자가 더 있느냐?"

현풍은 대답하지 못하고 울기만 했다. 그 행동은 그런 제자가 더 있다는 무언의 의미였기에 무학자와 세 명의 장로는 더욱 표정이 어두워졌다.

무학자는 대무영과 주지화를 무당파의 귀빈으로 대접했다.

대무영은 무당파하고 한바탕 싸움이 벌어질지 모른다고 예상했었는데 전혀 뜻밖의 대접에 무학자에 대한 존경심이 더욱 커졌다.

무학자는 대무영과 주지화에게 숙소를 내주어 쉬게 하고는 저녁 무렵에 식사에 초대했다.

작은 연회에는 대무영과 주지화, 무학자, 그리고 세 명의 장로가 참가했다.

여섯 사람은 크고 둥근 탁자에 둘러앉아서 한동안 아무 말 없이 식사만 했다.

대무영은 무학자에게 소매곡에 대해서 물어보고 싶었으나 그가 먼저 말문을 열기를 기다렸다.

"술 한잔하겠나?"

무학자가 술을 권했다.

"마시겠습니다."

"나도 줘."

대무영 옆에 찰싹 붙어 앉은 주지화가 종알거렸다. 그녀는 무당 장문인 무학자라고 해서 예의를 갖추지 않고 거침없이 반말을 했다.

식사가 자연스럽게 술자리가 되었고 모두들 대여섯 잔씩 묵묵히 마셨다.

"자네 소매곡에 대해서 얼마나 알고 있나?"

"말씀드린 것이 전부입니다. 그것 말고는 아는 게 없습니다. 더 알아보기 위해서 무당파에 찾아온 것입니다."

"마학사가 말해주지 않던가?"

무학자는 마치 대무영이 마학사하고 긴밀한 친분이 있는 것처럼 말했다.

"아쉽게도 마학사는 소매곡에 대해서 아무것도 모르는 것 같았습니다."

무학자는 빙그레 미소 지었다.

"내가 알고 있는 소매곡을 천하무불통지 마학사가 모른다는 것이 말이 되겠나?"

"천하무불통지가 뭡니까?"

"영랑, 그 말은 천하에 모르는 것이 없다는 뜻이야."

주지화가 술 한 잔을 마시고 새빨간 혀로 입술을 핥으며 설명해 주었다.

기억을 잃은 그녀가 오히려 대무영을 가르치고 있다. 아마도 그녀는 자신의 과거에 대한 기억만 잃은 것 같았다.

"그래?"

대무영은 고개를 갸웃거렸다. 그러고 보니까 마학사가 조금 이상하다는 생각이 들었다.

무학자의 말이 맞다. 그가 알고 있는 사실을 마학사가 모른다는 것은 말이 되지 않았다.

"자네 마학사하고 증패장사를 하고 있지?"

무학자가 다 알고 있다는 듯 물었다.

대무영은 '증패장사' 라는 것이 자신이 마학사하고의 거래를 가리키는 것이라고 생각했다.

"그렇습니다."

그는 솔직하게 시인했다. 무학자 앞에서 거짓말을 하기 싫었으며 또한 소위 증패장사를 하는 것이 나쁜 일이 아니라고 생각하기 때문이다.

무학자는 잠시 대무영을 응시하다가 손을 저었다.

"그 얘기는 나중에 하도록 하지."

대무영의 표정이 너무 순진한 것을 보고 그의 마음을 읽었기 때문이다.

"그러나 기문호자신필박(其文好者身必剝)이니 조심하는 것이 좋다네."

대무영은 벙긋 웃었다.

"무슨 말씀이신지……"

"영랑, 호표처럼 무늬가 좋은 가죽을 지니고 있는 짐승은 그 가죽 때문에 화를 당한다는 뜻이야."

"아……"

주지화가 예쁜 입을 오물거리면서 설명해 주자 대무영은 고개를 끄떡였다.

그는 어려운 문구를 모를 뿐이어서 주지화의 풀이를 듣고 나서 무학자가 말한 의미는 단번에 파악했다.

무학자가 '증패장사'를 말하다가 나온 말이니까, 너무 튀면 큰 코 다친다는 뜻으로 받아들였다. 즉, 모난 돌이 정 맞는다는 의미다.

그러나 대무영은 무학자의 말에 수긍할 뜻이 없다. 그는 필연적으로 강호에 명성을 날려야 하기 때문에 더 튀고 모날수록 좋다.

하지만 무학자의 말속에 다른 의미가 포함되어 있는 듯한 느낌을 받았다.

"증패장사가 나쁜 짓입니까?"

"그렇다고 할 수 있네."

"무림청에서 못하게 합니까?"

"그 문제가 근래에 들어서 대두되었기 때문에 아직 논의 중일세. 그러나 조만간 무림청에서 숙의를 거쳐서 입장을 밝힐 것으로 알고 있네."

"증패장사를 금지시킬 수도 있다는 말씀이군요?"

무학자는 대무영이 무식할 뿐이지 무지하지 않다는 것을 알아차렸다. 근본은 누구보다 총명한데 배우지 못한 것이라고 짐작했다.

"아마 그럴 걸세."

대무영은 중패장사에 대해서는 더 이상 말하지 않았다.

그러나 무학자는 다부진 표정을 짓고 있는 그를 보고 무림청에서 중패장사를 금지시킨다고 해도 그는 계속할 것이라고 짐작했다.

그렇더라도 지금은 그 얘기를 덮어두기로 했다. 대무영 덕분에 무당파에 소매곡의 손길이 뻗쳤다는 사실을 알게 되었기 때문에 그것에 대한 배려라고 할 수 있다.

"오늘은 푹 쉬고 내일 떠나도록 하게."

무학자는 자상한 미소를 지었다.

대무영은 무학자가 소매곡에 대한 얘기를 하지 않으려 한다는 사실을 짐작했다. 그래서 허리를 꼿꼿하게 펴고 정색을 하며 요구했다.

"소매곡에 대해서 알고 싶습니다."

무학자의 얼굴이 조금 흐려졌다. 대무영이 이렇게까지 나오면 알 것 없다고 거절할 수가 없다. 그는 요구할 자격이 있기 때문이다.

무학자는 잠시 뜸을 들이다가 물었다.

"왜 알고 싶은 겐가? 자네가 소매곡하고 직접적인 원한이 없다면 그냥 덮어둘 수는 없겠나?"

무학자는 소매곡의 본모습에 대해서 한 사람이라도 덜 알게 되기를 원하고 있다.

대무영은 고집스러운 표정을 지었다.

"저는 현중에게 습격을 당해서 중상을 입고 죽을 뻔했습니다. 그는 죽기 전에 쟁천소매라는 말과 소매곡이 강호의 쟁천십이류들을 모조리 죽일 것이라는 말을 했습니다."

"음."

"제가 실력이 없었다면 현중에게 죽었을 것입니다. 그리고 만약 상대가 제가 아니라 쟁천십이류의 다른 사람이었다면 필경 그의 손에 죽었겠지요."

대무영이 두서없이 말하는 것 같지만 무학자와 삼장로는 다 알아들었다.

"그리고 지금도 소매곡은 강호에서 쟁천십이류들을 죽이고 있을 겁니다. 그런데도 그들은 왜 죽어야 하는지 이유도 모르고 있을 것입니다."

대무영은 주먹으로 제 가슴을 쳤다.

"저는 쟁천십이류의 군주입니다. 그러므로 소매곡은 또다시 날 죽이려 할 것입니다. 그런데도 소매곡에 대해서 모르고 있어야 하는 겁니까?"

슥—

"이 사람이 누군지 아시겠습니까?"

대무영은 손을 주지화 어깨에 얹었다. 그녀는 그의 손등에 뺨을 문지르며 미소를 지었다.

그녀는 대화에는 흥미가 없고 그저 대무영이 자신에게 관심을 갖는 것이 좋은 듯했다.

무학자와 삼장로는 평범한 황의 경장을 입었으나 천하절색인 주지화를 보면서 고개를 가로저었다.

"모르겠네. 이분 여시주는 누군가?"

"옥봉검신입니다."

"아······."

"오······."

대무영이 그녀의 신분을 밝히자 수양이 깊은 무학자와 삼장로조차도 놀라움을 감추지 못했다.

옥봉검신 우지화는 쟁천십이류의 세 번째 등급인 신위다. 구파일방과 오대문파 사람들은 쟁천십이류를 창조한 장본인이라서 강호의 어느 누구보다도 열성적이다.

아마도 현재 강호에 퍼져 있는 쟁천십이류 중에서 삼 할 정도는 구파일방과 오대문파가 차지하고 있을 것이다.

현재 무당 장문인 무학자는 쟁천십이류의 다섯 번째 등급인 제우이고 삼장로는 그보다 한 등급 아래인 왕광이다.

원래 무림청에서 실시하는 쟁천십이류 등용시험에서 무림십오숙 중 한 명하고 비무를 하여 백중지세를 이루면 왕광에 오를 수 있다.

달리 말하자면 무림십오숙 각자가 왕광 정도의 수준이라.

는 뜻이다.

무당사로는 모두 왕광인데 그들은 무림십오숙 표준의 실력을 지니고 있는 것이다.

무학자는 무당사로보다 한 등급 높은 제우이지만 신위에 비해선 두 등급이나 아래다.

그들은 눈앞의 천하절색 소녀가 자신들보다 훨씬 고강한 신위 옥봉검신이라는 사실을 알고 자못 긴장했다.

지금까지는 그녀가 다소 푼수처럼 보였는데 그런 선입견이 한순간에 사라져 버렸다.

그런데 놀라고 있는 무학자 등을 더 놀라게 하는 말이 대무영 입에서 흘러나왔다.

"지화는 최소한 열 명 가까운 소매곡 고수들에게 공격을 당해서 중상을 입고 기억을 잃었습니다."

무학자 등은 아연실색하며 그녀를 쳐다보았다.

그러나 그녀는 대화에는 관심이 전혀 없는 듯 생글생글 웃으면서 자신의 어깨에 얹힌 대무영의 손에 뺨을 비비고 있을 뿐이다. 그런 모습은 영락없이 기억을 잃어버린 사람의 그것이다.

"보여드릴 수는 없지만 지화가 입은 상처들은 끔찍할 정도였습니다. 그게 무슨 뜻인지 아십니까?"

알다 뿐인가. 소매곡이 신위 옥봉검신을 그 지경으로 만들 정도의 막강한 고수들을 보유하고 있다는 사실이다.

"그래도 장문인께선 저더러 소매곡에 대해서 덮어두라고 말씀하시겠습니까?"

무학자는 씁쓸한 표정을 지었다. 이런 실상에 대해서 몰랐었기에 그가 소매곡에 대해서 덮어두라고 한 것은 명백한 실언이었다.

대무영과 옥봉검신은 소매곡에게 가장 처절하게 당한 피해당사자이기 때문이다.

"그렇다면 한 가지 약속을 해주게."

"무엇입니까?"

"지금부터 듣게 될 내용을 누구에게도 발설하지 않겠다고 약속하게."

"약속하겠습니다."

무학자는 대무영의 다짐을 받고서야 소매곡에 대해서 설명을 시작했다.

소매곡이 처음 출현한 것은 십오 년 전이었다.

아니, 그들이 출현한 정확한 시기는 알지 못한다. 단지 소매곡 고수, 즉 소매전사(掃埋戰士)라 불리는 자들이 쟁천십이류를 살해한 사건이 최초로 무림청에 발각, 접수된 시기가 십오 년 전이었다.

십오 년 전 초여름의 어느 날 산동성에서 길을 가던 강호인

세 명 중에서 두 명이 한 명의 괴한에게 죽음을 당한 일이 벌어졌다.

그들 강호인 세 명 중에 두 명이 쟁천십이류의 명협이었으며 한 명은 동료였다.

그런데도 그들 세 명은 단 한 명의 괴한을 물리치지 못했다. 그리고 명협 두 명만 괴한에게 목숨을 잃었다.

괴한은 쟁천십이류가 아닌 한 명을 충분히 죽일 수 있었는데도 죽이지 않았으며, 죽은 두 명의 명협에게서 명협증패를 챙겼다.

그런데 그때 마침 우연히 그곳을 지나던 오대문파 중에 강소성(江蘇省) 남궁세가(南宮世家)의 총관 남궁형도(南宮亨道)가 그 광경을 목격하고 괴한과 싸움을 벌여서 무려 백여 초를 겨룬 끝에 제압했다.

남궁형도는 쟁천십이류 일곱 번째 등급인 존야인데도 백여 초를 싸워서 힘겹게 괴한을 제압한 것이다.

그렇다면 괴한은 최소한 존야 바로 아래 등급인 군주 정도의 실력은 된다는 것이다.

남궁형도가 괴한의 품속을 뒤져보니까 조금 전에 죽은 두 명의 명협에게서 뺏은 두 개의 명협증패 외에 다른 하나의 명패가 나왔다.

나중에 알게 된 사실이지만 그것은 소매곡 고수 소매전사의 신분을 나타내는 명패로써 소매삼십이혼(掃埋三十二魂)이라고 새겨져 있었다. 즉, 괴한은 소매삼십이혼이었다.

하지만 그 당시의 남궁형도로서는 생전 처음 보는 명패였다. 그래서 수상하게 여겨 괴한 소매삼십이혼을 무림청 산동지청에 끌고 가서 조사를 했다.

소매삼십이혼은 협박이나 회유에는 눈도 깜빡이지 않았기에 산동지청에서는 고문을 가할 수밖에 없었다.

그러나 소매삼십이혼은 사흘 밤낮으로 계속된 온갖 혹독한 고문에도 결코 입을 열지 않았다.

그러나 그가 고문을 당할 때 비명을 지르는 것으로 봐서는 벙어리는 아니었다.

결국 산동지청에서는 최후의 수단을 사용하기로 결정했다. 강호, 특히 정파인 무림청에서는 절대금기인 사파의 제혼섭령술(制魂攝靈術)이라는 수법이다.

그것은 제혼섭령술이라는 이름 그대로 혼을 제압하고 정신을 마음대로 조종하는 사악한 수법이다.

그렇지만 소매삼십이혼이 고문을 버티면 버틸수록 산동지청은 그의 신분이나 두 명의 명협을 죽인 이유가 더욱 궁금해서 제혼섭령술을 사용할 수밖에 없었다.

이른바 대의(大義)를 위해서 어쩔 수 없이 사술을 사용한다는 명분이었다.

그러나 사흘 동안의 고문이 극에 달하여 심신이 극도로 망가지고 쇠약해져 있던 소매삼십이혼은 제혼섭령술을 시도하자 몇 마디만을 실토하고 숨을 거두고 말았다.

우선 소매곡이라는 괴집단이 있으며, 그들의 목적이 쟁천소매, 즉 쟁천십이류를 완전히 소탕하는 것이라는 사실이 처음으로 밝혀졌다.

그리고 소매곡의 인원은 현재 오십팔 명이며 소매일혼(掃埋一魂)이 소매곡주인데 소매대혼(掃埋大魂)이라고 불리며 자신은 소매삼십이혼이라고 했다.

소매곡은 점조직으로 이루어진 탓에 소매전사끼리는 서로에 대해서 아는 것이 별로 없으며, 곡주 소매대혼에 대해서는 더더욱 아는 것이 전무하다는 것이다.

소매삼십이혼으로터 알아낸 사실은 그게 전부였다. 가장 중요한 소매곡이 어디에 있는지, 구성원이 어떤 인물들인지 같은 것은 미궁 속에 빠져 버렸다.

그 사실은 즉각 낙양 무림본청에 알려졌으며, 무림본청에서는 산동성에서 벌어졌던 쟁천십이류의 의문의 죽음에 대해서 조사를 벌였다.

그 결과 삼 년 전부터 천하 곳곳에서 쟁천십이류들이 원인 모를 죽음을 당했다는 사실을 밝혀냈다.

그런 식으로 죽은 쟁천십이류가 삼 년 간 무려 백오십여 명에 달했다.

무림청에서는 원인불명의 죽음들을 일괄적으로 소매곡의 소행이라고 규정했다.

무림청은 소매곡의 출현을 극비에 붙이고 자체적으로 소매곡에 대한 대대적인 색출과 조사에 돌입했다.

그러나 그로부터 반년이 지나고 일 년이 흐르도록 성과는 없이 지지부진했다.

그러는 동안에도 강호에서는 소매곡에 의한 쟁천소매로 보이는 살인사건들이 도처에서 끊임없이 일어났다.

그리되자 무림청 내부에서는 소매곡에 대한 일을 강호에 발표해서 강호인들 스스로 조심하도록 시키자는 의견이 비등하기 시작했다.

하지만 소수에 의한 그런 의견은 곧 묵살됐다. 그렇게 해서는 얻어지는 것보다 잃는 것이 더 많을 것이라는 의견이 압도적이었기 때문이다.

그 사실이 강호에 알려지면 걷잡을 수 없는 혼란이 일어날 것이라는 뜻이다.

그렇게 십오 년이 흐르는 동안 소매곡에 의해서 죽은 쟁천 십이류는 얼추 천여 명에 달하게 되었다.

무림청은 예전처럼 원인 모를 죽음이라고 해서 무조건 다 싸잡아서 소매곡의 소행으로 몰아붙이지 않았다.

십오 년의 세월이 흐르는 동안 무림청에서도 나름대로의 경륜이 쌓여서 원인 모를 죽음을 소매곡의 짓인지 아닌지 판명해 내는 능력이 생겼으며 그 확률은 구 할에 이를 만큼 정확해졌다.

 그러나 십오 년 동안 무림청은 소매곡에 대해서 알아낸 것이 극히 적었다.

 십여 차례 소매전사를 제압한 적이 있으나, 아니, 제압하기 직전까지 갔으나 그중 대다수가 입안 어금니에 물고 있던 독낭(毒囊)을 깨물어서 자결해 버렸다.

 소매전사가 무림청 고수들에게 제압되어 실토할 것을 방지하기 위해서 소매곡이 극단의 방지법을 만들어낸 것이 독낭이었다.

 독낭을 깨물어서 자결하지 못한 소매전사에게서 알아낸 사실은 몇 가지에 불과했다.

 더 알아내고 싶어도 소매전사가 그것밖에 모르기 때문에 불가능한 일이었다.

 소매곡은 소매전사들이 붙잡힐 경우를 대비하여 그들에게는 중요한 비밀을 알려주지 않는 치밀함을 보였다.

 그나마 무림청이 소매곡에 대해서 알아낸 사실은,

 첫째, 소매전사의 수가 오백여 명에 달한다는 것.

 둘째, 소매곡이 쟁천십이류를 모두 죽이려고 하는 이유가 강호를 예전으로 되돌려 놓으려는 목적이라는 것.

셋째, 확인되지는 않았으나 소매곡 소매전사들의 진실한 신분이 강호의 내로라는 명문대파의 쟁쟁한 고수일 것이라는 신빙성 있는 추측.

넷째, 그럼에도 불구하고 그들이 한결같이 자신의 신분이 탄로날 만한 무공은 일체 사용하지 않는다는 사실.

다섯째, 무림청에서는 그들이 사용하는 무공이 어떤 종류인지조차도 모르고 있다는 사실 등이다.

다섯 가지 모두 중요한 내용이지만, 정작 소매곡을 발본색원할 수 있는 내용은 하나도 없다는 사실이 무림청을 난감하게 만들었다.

第三十九章
속가제자(俗家弟子)

소매곡에 대한 지금까지의 설명은 무당사로의 셋째인 무선자(武仙子)가 무학자 대신 해주었다.

얘기를 마친 무선자가 장문사형 무학자를 쳐다보자 그가 고개를 끄떡였다. 한 가지 남은 이야기를 마저 해주어도 좋다는 허락이다.

"현풍은 정식 소매전사가 아니었네. 소매전사인 현중에게 회유되어 소매전사가 되기로 결정을 내린 상태였기에 소매곡에 대해서는 아무것도 모르고 있네."

이야기가 너무 긴박하고 중요한 내용이라서 주지화를 제

외하곤 아무도 술을 마시는 사람이 없었다.

무선자는 씁쓸한 표정으로 말을 이었다.

"그러나 한 가지 다행한 일은, 현중이 현풍을 회유하는 과정에 본 파 내에 뜻을 함께하는 제자들의 이름을 거론했다는 사실일세."

"영랑, 이름을 실토했다는 거야."

대무영이 '거론'이라는 말을 모를까봐 주지화가 요리를 오물거리면서 먹으며 설명해 주었다.

사실 대무영은 '거론'이라는 말뜻을 모르고 있었으나 대충 알아들었다.

"본 파 내의 소매전사는 현중과 현풍을 포함해서 모두 열다섯 명이네. 일곱 명은 출타 중이고 여섯 명은 제압하여 감금해 놓았네."

나머지 둘은 현중과 현풍이다. 무선자는 무당파의 치부라고 할 수 있는 내용까지 차근차근 설명했다.

아니, 그것은 무학자의 뜻이다. 대무영이 아니었으면 무당파 내에 소매전사들이 있는지조차도 몰랐을 것이다.

그 덕분에 무당파는 나중에 무당파가 위태로워질지도 모르는 상황이 닥치는 것을 미연에 방지할 수 있게 되었다.

설마 소매곡이 구파일방과 오대문파 내부에까지 소매전사들을 심어놓았을 줄이야 상상도 하지 못했었다.

더구나 무당파는 소림사와 더불어 강호의 태산북두이고 구파일방과 오대문파, 즉 강호십오세(江湖十五勢)의 꼭대기를 이루는 문파다.

 그런 무당파에 소매전사가, 그것도 열다섯 명씩이나 암약하고 있었다는 사실은 무학자 등에게 굉장한 충격이 아닐 수 없었다.

 무선자의 설명이 끝나자 무학자가 매우 진중한 표정으로 말을 이었다.

 "내일 아침에 내가 직접 낙양 무림본청으로 가서 무림십오숙들과 긴밀하게 상의하여 소매곡 사태에 대한 대비책을 세울 생각이네."

 대무영은 딱히 할 말이 없어서 가볍게 고개만 끄떡였다.

 "무림청에서 지금까지 소매전사를 십여 명 이상 붙잡았었지만 구파일방이나 오대문파의 제자는 한 명도 없었네. 이번 일은 대단한 충격일세."

 무학자의 표정이 어두워졌다.

 "소매곡이 본 파에까지 파고들었다면 다른 문파들도 마찬가지라고 봐야 할 걸세."

 그는 어떤 방법으로 이번 사태에 대처할 것인지에 대해서는 말하지 않았다.

 비밀이라기보다는 그런 것까지 대무영이 궁금해하지 않을

것이라 여겼다.

"궁금한 게 있네."

무학자는 가슴까지 늘어진 탐스러운 수염을 쓰다듬었다. 지금 상황의 긴박함과 무거움을 떠나서 무학자의 그런 동작은 우아하기까지 했다.

"자네는 어째서 본 파까지 올 생각을 했는가?"

현중의 신분을 알게 되었을 때 대무영으로선 여러 가지 선택이 있었을 것이다.

무당제자 현중이 소매전사라는 사실을 그냥 덮어두고 넘어가거나, 아니면 홧김에 강호에 폭로해 버리는 것도 하나의 방법이었을 수 있다.

만약 후자였을 경우 강호는 발칵 뒤집어졌을 것이고, 무림청으로서는 속수무책으로 망우보뢰(亡牛補牢), 소 잃고 외양간 고치는 수밖에 없었을 것이다.

대무영은 대답하기 전에 잠시 무학자를 물끄러미 바라보았다. 그가 현종의 일로 무당파에 온 두 가지 이유를 다 말할 것인가 어떻게 할 것인가 궁리하다가 대답했다.

"무당파가 소매곡하고 어떤 관계가 있는 것인지 알아보러 왔습니다."

결국 그는 한 가지 단순한 이유만 말했다. 또 하나의 이유는 매우 복잡한 성격의 것이기 때문에 설명하는 것도 어려울

뿐더러, 말하고 나서 무학자 등이 그것을 어떻게 받아들이는가 하는 것도 문제다.

대무영은 무당파의 유운검법을 배우기는 했지만 정식 무당제자는 아니다.

그러나 무당파에서는 어느 누구도 그를 제자로 여기지 않지만, 그는 마음속으로는 자신도 어느 정도는 무당제자가 아닐까 라는 생각을 줄곧 품고 있었다.

무당파뿐만이 아니다. 소림사나 화산파도 그에게는 아련한 마음의 고향 같은 곳이다. 세 문파의 무공을 배웠기 때문에 그런 마음이 드는 것이다.

그래서 될 수 있으면 그 세 문파가 다 잘됐으면 좋겠다고 늘 마음속으로 빌고 있었다.

그런데 그는 현종의 일 때문에 큰 충격을 받았고 또 마음이 아팠었다.

마치 오래전에 떠나온 고향집에 무슨 변고가 생긴 듯 걱정이 되어, 호천장에 있을 때 강가에 서서 남쪽에 있는 무당산쪽을 바라보며 나름 고향을 그리는 척호지정(陟岵之情) 같은 기분에 빠지곤 했었다.

그가 잠시 고민을 한 것은, 자신이 무당파의 유운검법을 훔쳐 배웠기 때문에 반쯤은 무당제자라는 생각을 하고 있다는 애매모호한 기분을 이 기회에 무학자에게 밝힐 것인가라는 것이었다.

하지만 결국 말하지 않기로 했다. 말하면 괜히 자신이 초라해질 것 같은 예감이 들었다.

"옳은 결정이었네."

무학자는 청옥 주전자를 뻗어 대무영의 잔에 손수 술을 따라주었다.

"자네에게 보답을 하고 싶네. 내가 해줄 수 있는 것이라면 무엇이든 말해보게."

무학자는 사람의 진면목을 보는 눈, 즉 날카로운 심미안(審美眼)을 지니고 있는 것으로 유명하다.

그런 그가 지켜봤을 때 대무영은 여러 모로 훌륭한 청년이 분명했다.

그의 무공 성취가 어느 정도인지는 정확하게 모르지만, 쟁천십이류의 군주로써 강호에서 쟁쟁한 명성을 날리고 있는 것을 보면 어느 정도 알 수 있다.

그렇지만 무학자가 무공보다 더 높게 평가하는 것은 대무영의 인품이다.

무쇠처럼 굴강하면서도 순수하고 솔직하며 사리가 분명하다. 무식하긴 하지만 그것은 후천적인 것이므로 배움으로써 채울 수가 있다.

그래서 그에게 무언가 보답을 해주려는 것이다. 무당파를 위기에서 구해주었는데 무엇인들 아깝겠는가.

대무영은 술잔을 받다가 적잖이 놀라는 표정을 지었다. 이런 말을 들을 줄은 상상도 못했다.

"무얼 바라고 한 일이 아닙니다."

무학자는 그의 순진한 얼굴을 보며 마치 신선처럼 온화하게 미소 지었다.

"허허… 그 마음을 알기에 무언가를 해주고 싶은 걸세."

대무영은 무례할 정도로 무학자의 얼굴을 물끄러미 바라보다가 긴장한 표정으로 물었다.

"무엇이든 괜찮습니까?"

그는 속마음이 얼굴에 그대로 드러난다.

"그렇네."

대무영은 오래전부터 마음속으로만 품고 있던 소원 하나를 이런 자리에서 말하게 될 줄은 전혀 예상하지 못했었다. 그것도 무당 장문인 앞에서 말이다. 하지만 이루어질지 어떻지는 자신이 없다.

"십단금(十段錦)을 가르쳐 주십시오."

뜻밖의 부탁에도 무학자는 표정의 변화가 없었으나 삼장로는 적잖이 놀라는 표정을 지었다.

무당파에는 수십 종류의 검법과 장법, 권법, 경신술, 신공 등이 있지만 그중에서도 최고라고 손가락으로 꼽을 수 있는 절학이 네 개, 즉 무당사절(武當四絶)이 있다.

검법 태극혜검(太極慧劍), 장법 삼양장공(三陽掌功), 경신술 육지비행술(陸地飛行術), 신공 자하강기(紫霞罡氣)가 그것들이다.

이 네 가지가 명실상부 무당파 최고절학이고 그 다음 두 번째 절학 무당육기(武當六技)가 있는데 대무영이 요구한 십단금은 거기에 속한다.

삼장로가 놀란 이유는 대무영이 난데없이 무당파의 무공을 가르쳐달라고 요구한 것과, 어째서 최고절학이 아닌 두 번째 절학 중 하나를 요구했느냐는 것 때문이다.

사실 과거에 대무영은 무당파에 들락거릴 때 평소 잘 알고 지내던 삼대제자 한 명에게서 우연히 무당파의 절학들과 무공에 대해서 자세히 설명을 들었던 적이 있었다.

그 삼대제자는 무당사절이라고 하는 네 개의 절학에 대해서 입에서 침을 튀겨가며 장황하게 오랜 시간을 할애하여 설명했었다.

그러고 나서는 두 번째 절학 무당육기와 여타 무공들에 대해서 죽 설명했었다.

그런데 한 시진 이상 귀를 기울여서 다 듣고 난 대무영은 수십 종류의 무공 중에서 매우 특이한 이름을 지닌 십단금이라는 것이 가장 마음에 들었었다. 물론 이름 때문이 아니라 십단금이라는 무공이 매우 탁월하다는 생각이 들었기 때문이었다.

그러나 그 당시는 조마조마한 심정으로 유운검법마저도 몰래 훔쳐 배우는 처지라서 언감생심 십단금 같은 무공은 꿈도 꾸지 못했었다.

대무영은 무학자가 아무 말도 하지 않고 바라보기만 하고, 삼장로는 어이없다는 표정을 짓는 것을 보고는 멋쩍은 듯 머리를 긁적였다.

"역시 무리한 부탁이로군요. 그렇다면 없었던 일로 할 테니 마음에 두지 마십시오."

대무영은 부탁을 해놓고 없었던 일로 할 수 있지만, 어떤 부탁이든 들어주겠다고 약속한 무학자가 거절한다면 절대로 없었던 일이 되지 않는다.

"가르쳐 주겠네."

"장문사형!"

"장문인."

무학자가 고개를 끄떡이자 대무영은 기쁜 표정을 짓는 반면에 허락하지 않을 것이라고 예상하고 있던 삼장로는 깜짝 놀랐다.

어느 문파라도 그렇겠지만, 무당파 같은 명문대파는 문하제자가 아닌 외부인에게는 절대로 자파의 무공을, 그것도 절

속가제자(俗家弟子)

학을 가르치지 않는 불문율이 있다. 그런데 무학자가 지금 그것을 깨려는 것이다.

무학자는 손을 들어 삼장로의 말을 제지하고 대무영에게 조용히 말했다.

"조건이라고 하기에는 뭐하지만 나도 한 가지 부탁이 있는데 들어주겠나?"

"무엇입니까?"

"본 파의 제자가 되어주게."

"에?"

전혀 뜻밖의 말에 대무영은 어리둥절했다. 하지만 삼장로는 나직이 고개를 끄떡이며 '그러면 그렇지' 라는 득의한 표정을 지었다.

대무영을 무당제자로 받아들이면 십단금을 가르치는 것이 불문율을 깨는 것이 아니기 때문이다.

무학자는 아예 한 걸음 더 나갔다.

"자네가 내 제자가 돼주었으면 하네."

그는 대무영이 보면 볼수록 마음에 들었다.

"에엣?"

대무영은 너무 놀라서 벌떡 일어섰다. 삼장로도 무학자가 그렇게까지 앞서 나갈 줄은 몰랐기에 깜짝 놀랐다.

대무영으로서는 꿈에도 상상하지 못했던 일이다. 한낱 고아가, 그것도 무당파에 들락거리면서 최하급의 삼류검법인 유운검법을 훔쳐 배웠던 그가 무당 장문인의 제자가 되다니 귀를 의심할 정도다.

하지만 놀라움은 잠시가 지나자 수그러들고 대무영은 곧 난감한 표정을 지었다.

"곤란합니다."

강호에서 열 손가락 안에 꼽히는 최고 배분이며 가장 존경받는 인물 중 한 명인 무학자가 자신의 제자가 되어달라는 부탁을 대무영은 곤란하다고 말한 것이다.

시종 훈훈한 표정이던 무학자도 이번만큼은 표정이 가볍게 변하고 말았다.

"무엇이 곤란한가? 혹시 자네는 따로 사문이 있는 겐가?"

"아닙니다."

소림사의 이름도 모르는 승려를 마음속의 사부로 여기고 있었지만 정식 사부는 아니다.

대무영은 다시 자리에 앉고는 미안한 표정을 지으며 솔직하게 말했다.

"저는 앞으로 강호에서 할 일이 많은데 장문인의 제자가 되면 그 일들을 못하게 됩니다."

"무슨 일인데 그러나?"

대무영은 겸연쩍은 표정을 지었다.

"돈도 많이 벌어야 하고 또 명성을 날리고 싶고 그래서 아버지를 찾아야 합니다."

그는 얼굴을 붉히며 쭈뼛거렸다.

"그리고 또… 저에게는… 반드시 평생을 책임져야만 하는 여자가 있습니다."

그 말에 주지화가 깜짝 놀라더니 그의 팔을 가슴에 꼭 끌어안고 어깨에 뺨을 비볐다.

"영랑……."

그녀는 대무영이 책임지겠다고 말한 여자가 자기라고 생각한 것이다.

하지만 그가 말한 여자는 따로 있다. 바로 그가 만취해서 짓밟은 소연이다.

무학자는 씁쓸한 표정을 지었다. 무당제자가 되더라도 아버지를 찾는 일은 상관이 없다.

하지만 돈을 많이 버는 것이나 명성을 날리는 것, 특히 혼인을 하는 것은 곤란하다.

셋 다 이루기 위해서는 무당파의 금기를 깨는 일이 허다할 것이기 때문이다.

이번에는 무학자가 복잡한 표정을 지었다. 대무영에게 십단금을 가르치면서도 무당파의 금기를 깨지 않는 방법이 없기 때문이다.

금기를 깨고 안 깨고는 장문인의 고유권한이다. 무학자가 금기를 깬다고 해서 그것을 제지할 사람은 아무도 없으며 그가 위해를 당할 일도 없다.
 그렇지만 무당파의 역사에 그가 금기를 깬 장문인으로 기록되어질 것이다. 즉, 오점을 남긴다는 뜻이다.
 "십단금은… 역시 안 되겠지요?"
 대무영은 사람 좋은 미소를 지으며 손을 저었다.
 "저는 괜찮으니까 장문인께선 마음에 담아두지 마십시오. 십단금은 배우지 않아도 됩니다."
 대무영의 말대로 하면 간단한 것 같지만 그러면 무학자가 약속을 어긴 것이 돼버린다.
 그게 문제가 아니라, 무학자는 대무영을 놓치고 싶지 않은 것이 솔직한 심정이다.
 십단금을 가르치는 것은 그의 능력으로 할 수 있는 일이며, 단지 명예에 흠이 갈 뿐이다.
 "이러면 어떻겠습니까?"
 무당사로의 첫째인 무령자(武翎子)가 조심스럽게 입을 열자 무학자는 기대하는 표정을 지었다. 원래 무령자는 생각이 깊고 지혜롭기 때문에 그에게 무슨 좋은 방법이 있을 것이라고 생각한 것이다.
 "저 도우를 장문사형의 속가제자(俗家弟子)로 받아들이는 것입니다."

"옳거니."

무학자는 체통도 잊고 손바닥으로 무릎을 치면서 격절탄상(擊節嘆賞)했다.

무령자가 대무영을 보면서 설명했다.

"속가제자는 본 파의 가장 기본적인 규칙만 지키면 되네."

"그게 뭡니까?"

"말하자면 악행을 저지르지 않으면 되네."

대무영은 모호한 표정을 지었다.

"어떤 게 악행인지……."

무학자가 빙그레 미소 지었다.

"자네 생각에 나쁜 짓이라고 생각하는 것이 악행이지."

사람들은 나쁜 짓인지 뻔히 알면서도 저지르고, 모르면서도 저지른다.

그런데도 무학자가 그렇게 말한 것은 대무영이 선한 사람이라고 판단했기 때문이다. 그래서 그의 심성을 선악의 잣대로 삼은 것이다.

"아… 그런 거라면 자신 있습니다. 저는 나쁜 짓은 절대 하지 않습니다."

"그럼 노도의 속가제자가 되겠는가?"

"되겠습니다."

대무영은 가슴을 활짝 펴고 씩씩하게 대답했다.

운증용변(雲蒸龍變). 물이 증발하여 구름이 되고, 뱀이 변하여 용이 되어 승천한다. 대무영은 바야흐로 구름과 용이 될 기회를 얻었다.

　　　　　　＊　　　＊　　　＊

무학자는 모든 무당제자를 모아놓고 그 자리에서 대무영과의 사도지례를 거행했다.

그리고 대무영을 무당파의 일대제자 중에서도 장문인의 제자로서 전 무당제자들에게 소개하고 서로 예로써 인사를 나누게 했다.

무당파의 삼대제자나 사대제자들이 자신의 얼굴을 알아보지 않을까 고심했던 대무영의 염려는 기우에 그쳤다.

그가 무당산에서 유운검법을 수련했던 시기는 지금으로부터 사 년 전 열다섯 살 때였었다.

어린 소년이었던 그 당시에 비해서 그는 용모는 물론이고 체구도 더욱 커졌기 때문에 과거 그와 안면이 있었던 무당제자들은 그를 알아보지 못했다.

혹시 그가 낯이 익어서 긴가 민가하는 무당제자가 있다고 하더라도 설마 사 년 전의 그 얼뜨기가 강호에 명성이 쟁쟁한 단목검객이고, 또 장문인의 제자가 됐을 것이라고는 상상조차 하지 못했다.

대무영과 주지화는 무당파에서 열흘 동안 머물렀다.
무학자는 새로 거둔 제자 대무영에게 십단금을 가르쳐 주기 위해서 낙양 무림본청에 가려던 것을 무당사로의 첫째 무령자를 대신 보냈다.
그에게는 무림본청에 가는 것보다 대무영을 제자로 얻은 것이 더 중요하다는 뜻이다.
대무영은 십단금을 닷새 만에 다 배웠다. 그에게 있어서 다 배웠다는 뜻은 그저 다 외우기만 했다는 것이다.
앞으로 남은 것은 예전처럼 부단히 노력해서 십단금을 완성하는 일이다.
그가 십단금에 매력을 느낀 이유는 무기가 아닌 맨손으로 발휘하는 열 가지 수법이라는 점 때문이었다.
각각의 수법에는 적게는 삼 초식에서 많게는 육 초식까지 들어 있다.
그리고 하나의 초식에 무궁무진한 변화가 깃들어 있어서 그가 상상했던 것보다 훨씬 더 마음에 들었다. 그것은 하나의 초식이라기보다는 하나의 초식에 열 개, 백 개의 작은 초식, 즉 소초식(小招式)들이 가득 담겨 있었다.

그는 열흘 동안 머물면서 남은 닷새 동안 무당사절 중 하나인 대라검법의 구결을 머릿속에 담아두었다.

무학자가 가르쳐 준 것이 아니고, 장문인의 제자가 되었기 때문에 무당파 내의 어떤 비급이라도 읽을 수 있는 자격이 주어져서, 이것저것 뒤적이다가 대라검법 비급책자를 찾아냈고, 그것의 동작이나 구결을 외우기만 한 것이다.

예전에는 남들이 하는 동작을 훔쳐보고 따라서 했었다. 까막눈이었기 때문에 무공서를 봤다고 해도 흰 것은 종이고 까만 것은 글씨라고만 생각했을 터였다.

그러나 유조에게 글을 배운 지금은 엉성하게나마 더듬거리면서 글을 읽을 수 있고, 또한 모르는 글이나 문장은 그의 곁을 그림자처럼 지키고 있는 주지화가 가르쳐 주고 해석해 주었다.

글을 모른다 뿐이지 그의 이해력과 암기력은 타의 추종을 불허할 정도여서 주지화가 한 번 가르쳐 준 글자나 해석해 준 내용, 그리고 이해하게 된 구결과 동작에 대해서는 절대로 잊지 않았다.

대라검법은 무당파 최고절학인 무당사절 중 첫 손가락에 꼽히는 검법으로 무당파 내에서도 완벽하게 연마한 사람은 열 명이 채 되지 않을 정도로 고매하다.

하지만 대무영은 대라검법보다도 십단금에 더 매력을 느

껴서 우선 그것부터 연마할 생각이다.

대무영은 소매십팔혼이었던 현종을 추적하여 무당파에 왔으나 자신이 천재일우의 기회를 얻어서 무당 장문인 무학자의 속가제자가 될 줄은 꿈에서도 예상하지 못했었다.

비록 열흘 동안의 짧은 기간이었으나 그는 생애 최초의 사부 무학자와 많은 대화를 나누었다.

그러는 과정에서 그는 무학자에게 실로 많은 것들을 배울 수 있었다.

직접적으로 배운 것은 십단금 하나뿐이지만, 무학자와의 대화를 통하여 인간으로서 반드시 갖춰야 할 덕목이 무엇인지, 그리고 그것을 자신도 갖춰야겠다고 아련하게나마 느끼게 되었다.

그래서 그는 앞으로 틈나는 대로 많은 책자를 읽고 많은 경험을 통하고, 또 사색을 하면서 인격도야(人格陶冶)에 매진해야겠다고 다짐했다.

참고로 인격도야라는 말은 주지화가 가르쳐 주었다.

* * *

난생처음 갖게 된 단 하나뿐인 사형 현우와 많은 무당제자가 대무영과 주지화를 무당산 아래 큰길까지 바래다주러 나왔다.

사십칠 세의 현우는 일찌감치 다음 대 무당 장문인으로 내정됐을 만큼 걸출한 무당제자다.

그는 매우 자상하며 이해심이 많고 박식하며 후덕한 성품을 지녀서 무당제자라면 그를 존경하고 좋아하지 않는 사람이 없을 정도다.

더구나 갑자기 하늘에서 뚝 떨어진 것 같은 어린 사제를 사부가 매우 예뻐하는 것에 대해서 시기할 법도 한데 그게 아니라 오히려 사부하고 경쟁이라도 하려는 듯 대무영을 더 좋아했다.

"사제."

"말씀하십시오."

현우가 어깨에 손을 얹으며 온화한 얼굴로 부르자 대무영은 미소로써 공손히 응했다.

처음에 그는 세상에서 하나 뿐인 사형 현우에게 언행이 매우 불손했었다.

그도 현우를 좋아하지만 예절이나 공손한 말투에 대해서 배운 것이 없으므로 그저 무례하고 몰상식한 언행이 자연스럽게 튀어나간 것이다.

그렇지만 그는 지나칠 정도로 예의 바른 무당제자들을 보면서 자신의 언행이 불손하고 무례하다는 사실을 조금씩 깨

속가제자(俗家弟子) 185

닫게 되었다.
 그래서 다른 무당제자들이 윗사람에게 어떻게 하는지 잘 보아두었다가 자신도 그렇게 따라서 하기 시작했다.
 그랬는데 열흘 만에 그 자신도 몰라볼 정도로 지금처럼 바뀐 것이다.
 "군림보의 일은 사부님께서 잘 중재를 하실 테니까 염려하지 말게."
 "영랑, 무학자가 알아서 잘 처리한다는 뜻이야."
 어려운 말이 나오면 어김없이 대무영의 그림자 주지화가 설명을 덧붙였다.
 "그러니까 해결될 때까지 무림청 사람들과 되도록 부딪치지 않도록 사제가 조심해 주게."
 "알았습니다, 사형."
 대무영은 이제 자신은 어엿한 무당 장문인의 제자가 되었으므로 예전처럼 수틀린다고 멋대로 행동하지 말아야겠다고 다짐하고 있었다.
 현우는 아쉬운 표정을 지었다.
 "언제 또 올 텐가?"
 "그야 모르죠."
 섬세하지 못한 성격의 대무영은 대수롭지 않게 대꾸했으나 그것을 아는 현우는 별로 신경 쓰지 않았다.

"어딜 가든 몸조심하게."

현우의 진심 어린 표정을 보자 대무영은 가슴이 뭉클했다. 그는 두 팔을 벌려 현우를 와락 안았다.

"곧 다시 보게 될 테니까 염려 마십시오."

"윽……"

그런데 현우가 신음을 흘려서 대무영이 팔을 풀고 보니까 그의 오른팔 팔뚝에서 피가 흐르고 있었다.

주지화의 천신지에 당한 상처에 일껏 약을 바르고 천으로 잘 묶어두었는데 대무영이 세게 껴안는 바람에 상처가 터진 것이다.

"어이구. 미안합니다, 사형."

"괜찮네."

현우는 주지화를 보며 사람 좋은 미소를 지었다.

"제수씨, 다음에 만날 때에는 이 못난 사형을 다치게 하지 말아주시오."

'제수씨'라는 말에 무당파에서 지내는 내내 얼음장 같던 주지화의 얼굴에 환한 웃음이 피어났다.

오직 '제수씨'라는 한마디에 현우는 무조건 그녀에게 잘 보이게 된 것이다.

"하하하! 알았어요! 현우 사형!"

탁!

"윽! 또……."
 기분이 좋아진 주지화가 팔을 두드리는 바람에 현우는 다시 비명을 터뜨렸다.

第四十章
남행(南行)

피잉!

"으악!"

주지화의 천신지에 무시무시한 기세로 공격해 오던 쟁천 십이류 후선 한 명이 미간에 금빛 구멍이 뻥 뚫리면서 상체가 뒤로 확 젖혀지며 날아가 땅에 떨어져서도 이 장이나 더 굴러서야 겨우 멈추었다.

관도상의 많은 행인이 그 광경을 보고 죽은 후선보다 더 격렬한 비명을 지르며 멀찍이 흩어졌다.

"흥! 별것도 아니잖아?"

마상의 대무영 앞에, 아니, 허벅지 위에 올라앉은 주지화가 저만치 피를 흘리며 거꾸러져 있는 후선을 가소롭다는 듯 코웃음을 치며 오른손을 거두었다.

 신기하게도 대무영이 번성현을 떠나 주지화를 만나고 무당산에 도착하여 볼일을 다 보고 떠날 때까지 도전자는 한 명도 나타나지 않았었다.

 마학사는 여기저기 돌아다니면서 전신을 파느라 바쁠 텐데 어떻게 그 기간 동안만 도전자들이 대무영의 앞을 가로막지 않은 것인지, 마치 마학사가 어디선가 대무영을 환히 지켜보고 있는 것만 같았다.

 그러다가 대무영과 주지화가 비로소 무당산을 떠난 후 이틀째 되는 날부터 기다렸다는 듯이 도전자들이 차례차례 나타나기 시작했다.

 그리고는 방금 죽은 자까지 나흘 만에 무려 열두 명째이며 그들은 하나같이 아침 풀잎에 매달린 한 방울의 이슬처럼 태양이 뜨자마자 사라져 버렸다.

 대무영과 주지화는 둘 다 방갓을 깊숙이 눌러쓰고 있는 모습이다.

 그런데도 도전자들은 정확하게 대무영을 알아보고 공격을 한 것이다.

 그런데 열두 명의 도전자를 처치하느라 대무영은 한 번도 손을 쓰지 않았다.

모조리 주지화가 처리했기 때문이다. 더구나 말에서 내리지도 않은 상태에서 공격해 오는 도전자들을 모두 천신지로 미간이나 목, 심장을 관통해서 죽여 버렸다.

그러나 그녀가 도전자들을 죽인 후에 대무영은 말에서 내려야만 했다.

도전자에게서 쟁천증패를 수거해야만 하기 때문이다. 쟁천증패는 즉 돈이다.

대무영은 마학사의 거래하고는 상관이 없는 주지화가 도전자들을 상대하는 것을 개의치 않았다.

열두 명의 도전자가 하나같이 대무영에게 예의를 갖추지도 않고 무조건 공격했기 때문에 어떻게 죽이든 상관이 없다는 생각이다.

그가 아무리 무당 장문인의 속가제자가 되어 언행에 조심을 해야만 하더라도 그런 자들은 죽어 마땅하다고 생각하는 마음에는 변함이 없다.

막말로, 죽이지 않으면 내가 죽는데 가만히 있을 바보천치가 어디에 있겠는가.

주지화가 죽인 열두 명은 후선이 열 명이고 그 아래인 패령이 두 명이었다.

주지화는 두 손을 가느다란 허리에 얹으며 싸늘하게 코웃음을 쳤다.

"흥! 사랑하는 영랑에게 덤비는 놈들은 내가 모조리 죽여 버릴 거야."

"화야, 그렇지만 그들은 내게 도전하는……"

"할계언용우도(割鷄焉用牛刀)."

"그건 뭐냐?"

처음 듣는 말이라 대무영이 물었다. 요즘 그는 모르는 것은 반드시 물어보고 그것을 이해하려고 애쓰며 이해한 것은 기억해 둔다.

주지화는 낭랑한 목소리로 대답했다.

"한낱 닭을 가르는데 어찌 소 잡는 큰 칼을 사용하리요. 저런 오합지졸 따위를 상대하는 데에는 나로서 족하다는 뜻이야."

대무영을 한껏 추켜세우는 말이다. 하지만 그는 자신이 닭 잡는 칼이고 주지화가 소 잡는 큰 칼이라고 생각했다.

"아… 그런 뜻이냐?"

대무영이 보기에 주지화는 정말 똑똑했다. 그녀만큼 똑똑한 사람은 사부 무학자 정도일 것이다.

무학자가 그에게 십단금을 가르칠 때나 대화를 할 때 주지화는 반드시 그림자처럼 옆에 붙어서 어려운 말들을 풀어 해석해 주었었다.

그녀는 무학자가 아무리 어려운 말을 해도 막힘없이 척척 다 해석했다. 그래서 무학자도 그녀의 박식함에 혀를 내두를 정도였었다.

대무영은 말에서 훌쩍 뛰어내린 후에 방금 죽은 후선의 괴춤을 뒤져서 후선증패를 손에 넣고 다시 말로 돌아와 말을 출발시켰다.

관도상의 행인들은 그때까지도 멀찍이에서 공포에 질린 채 움직이지도 못하고 모여 서 있다가 대무영과 주지화가 탄 말이 자신들을 향해 다가오자 소 건너는 웅덩이에 모여 있던 파리 떼 흩어지듯이 와아하고 도망쳤다.

다각다각….

이제는 대무영이 말을 몰고 있다. 주지화 뒤에서 이따금씩 말고삐를 잡고 말을 몰아보았더니 그리 어렵지 않아서 금세 배웠다.

주지화는 말머리 쪽으로 늘씬한 두 다리를 포개서 쭉 뻗고는 아예 상체를 뒤로 눕혀 대무영의 가슴에 안긴 편안한 자세다.

무당산을 출발한 두 사람은 곡성현을 거치지 않고 그리 높지 않은 융중산(隆中山) 산길을 넘어 양양현(襄陽縣)으로 뻗은 관도를 가고 있는 중이다.

곡성현이나 융중산, 양양현은 다 한수 강가에 있다. 그러니까 그는 한수를 따라서 남하하고 있는 중이다.

 감숙성(甘肅省)에서 발원하여 섬서성(陝西省)과 호북성 북부지역을 동쪽으로 흐르던 한수는 서서히 남쪽으로 방향을 틀어 천여 리쯤 더 굽이굽이 흐르다가 호북성 남쪽에서 장강하고 합류하는 큰 강이다.

 대무영은 뚜렷한 목적지를 정해두지 않은 채 정처 없이 발길 닿는 대로 가고 있다.

 그의 최종 목적은 쟁천십이류의 최고 등급인 천무를 꺾는 것이다.

 그러나 지금 그의 실력으로 천무와 싸운다면 두말할 것도 없이 백전백패하고 만다.

 천무와 싸우게 되는 시기가 오 년 후일 수도, 십 년 후가 될 수도 있다.

 그러므로 그때까지 끊임없이 무공을 연마하여 지금보다 열 배 이상 고강해져야만 한다.

 그가 얼마나 고강해졌는지 무공수위를 가늠할 수 있는 잣대가 바로 쟁천십이류다.

 현재 그는 군주의 등급이다. 그러나 이미 스물다섯 명의 후선과 싸워본 결과 자신이 그들보다 훨씬 고강하다는 사실을 알 수 있었다.

 그래서 그는 자신의 실력이 최소한 군주보다 두 등급 정도

높은 왕광쯤 될 것이라고 자평했다.

왕광에서 천무까지는 무려 다섯 등급이나 된다. 또한 그 다섯 등급은 쟁천하류의 최하급인 명협에서 다섯 등급 위인 존야까지의 간격하고는 비교도 안 될 정도로 큰 차이가 날 것이다.

말하자면, 명협에서 공부까지의 높이가 십 장이라면, 공부에서 패령까지는 이십 장, 그리고 패령에서 후선까지는 오십 장, 후선에서 군주까지는 백 장의 높이라고 할 수 있다. 한 등급마다 두 배 이상 높아지는 것이다.

명협에서 공부에 오르는 것은 쉬우나 다음 등급부터는 두 배의 노력이 필요하고, 그 다음은 네 배, 다음은 여덟 배… 그런 식으로 위로 오를수록 점점 더 힘들어지는 것이다.

그런 식으로 계산한다면, 그리고 대무영의 실력이 왕광쯤 된다고 친다면, 천무까지의 높이는 만 장쯤 되지 않을까 생각한다.

명협에서 존야까지는 웬만한 산 정도의 높이지만, 왕광에서 천무는 태산의 몇 배에 달하는 높이라고 할 수 있다.

그렇다고 해서 기죽을 대무영이 아니다. 그는 천성적으로 기가 죽는다든지 압도당한다는 것을 모르는 성격이다.

천 리 길도 한 걸음부터고, 태산보다 몇 배나 높은 산이라고 해도 처음 일 장부터 올라야 한다.

걷고 달리는 것을 좋아하며, 팔 년여 동안 산에서만 살아온 대무영은 특히 험한 산을 오르는 것이 얼마나 힘든지 잘 알고 있다.

하지만 그에게 있어서 산을 오른다는 것은 무엇보다도 재미있고 흥미진진한 일이다.

오히려 그는 그 과정을 즐기고 싶다. 차근차근 한 단계씩 올라가고, 밑바닥이 드러난 연못에 물이 차츰 고이는 것을 생생하게 실감하는 즐거움은 필경 남다를 터이다.

대무영은 일단 호북성의 성도인 무창(武昌)으로 갈 생각을 하고 있다.

무창은 하남성의 낙양처럼 강남의 중원, 혹은 강남의 강호라고 불릴 정도로 강남무림의 중심지다.

그곳에 가서 한바탕 이름을 드날리고 한편으로는 용한 의원을 찾아가서 주지화의 기억을 되찾을 계획이다.

그리고 시간이 나면 고향집에도 가볼 생각이다. 고향집 뒷산에는 어머니의 묘가 있다.

고향을 떠난 지 장장 구 년여 만에 돌아가서 어머니께 장성한 아들의 근사한 모습을 자랑스럽게 보여드리고 싶은 것이다. 그러면 저승에 계신 어머니도 크게 기뻐하여 칭찬해 주실 것이다.

지금 그가 있는 곳에서 무창까지는 대략 천오백여 리의 먼

길이다.

하지만 서둘지 않을 생각이다. 쉬엄쉬엄 가면서 십단금을 수련하고 또 틈틈이 백보신권이나 유운검법, 매화검법을 가일층 증진시킬 것이다.

서둘러 가면 열흘이나 보름이면 갈 수 있는 거리지만, 지금 심정으로는 몇 달 혹은 반년쯤 걸린다고 해도 그다지 상관이 없다.

"화야."

"응?"

대무영의 부름에 그의 허벅지에 올라앉아 머리를 어깨에 얹은 주지화는 눈을 감고 코 먹은 소리를 냈다. 한껏 기분이 좋을 때의 모습이다.

"우린 무창까지 갈 텐데 오래 걸릴 것이다. 가는 동안 제대로 된 음식을 못 먹을 수도 있고 한데서 노숙을 해야 할 때도 있을 거야. 괜찮겠느냐?"

주지화는 눈을 반쯤 뜨고 고개를 들어 대무영의 옆얼굴을 바라보며 꿈꾸듯 나른한 표정을 지었다.

"영랑하고 풍찬노숙(風餐露宿)에 막천석지(幕天席地)라니 이보다 더 근사한 여행이 어디에 있겠어?"

그녀의 따스하고 달콤한 입김이 대무영의 얼굴에 솔솔 끼쳐왔다.

말을 해놓고는 대무영이 알아듣지 못할 것이라고 생각한 그녀는 애교를 부리듯 그의 뺨에 입술을 붙이고 살며시 비비면서 뜨거운 숨결을 토해냈다.

"풍찬노숙은 바람과 이슬을 맞으면서 한데서 먹고 잔다는 뜻이고, 막천석지는 하늘을 장막 삼고 땅을 자리로 삼으니까 천지가 다 내 집이라는 뜻이야."

"으… 응… 그렇구나."

그런데 대무영의 대답이 뜨뜻미지근했으며 게다가 얼굴까지 붉어졌다.

주지화는 그저 늘 하던 대로 하는 것뿐인데 대무영의 반응이 예사롭지 않았다.

"아……."

그때 주지화는 깜짝 놀라는 표정을 지었다. 아래쪽에서 뭔가 단단한 것이 자신의 계곡 은밀한 부위를 쿡쿡 묵직하게 찌르는 것을 느꼈다.

그리고는 그것이 대무영의 음경이 발기한 것이라는 사실을 어렵지 않게 깨달았다.

그의 허벅지 한복판에 올라앉아 있기 때문에 음경은 정확하게 그녀의 은밀한 부위를 찌르고 있었다.

만약 두 사람이 옷을 입고 있지 않았으면 곧장 삽입이라도 되지 않을까 생각할 정도다.

그녀가 기억을 잃었다고 해서 여성적인 면까지 잃어버린 것은 아니다.

그러므로 이런 상황에서는 얼굴이 확 달아오르면서 가슴이 심하게 두근거렸다.

그래서 슬그머니 대무영의 뺨에서 입술을 떼고 살며시 눈을 감으며 원래의 자세로 돌아갔다.

하지만 아래에서 찌르고 있는 물체를 피하려고 하지 않고 그대로 가만히 있었다. 그런 행동을 취하면 더 어색할 것이라는 생각이 들었다.

그런데 갑자기 그녀의 머릿속에서 온갖 분홍빛 상상들이 구름처럼 마구 피어나는 바람에 깜짝 놀랐다. 전혀 그런 것을 의도하지 않았기 때문이다.

하지만 흥분되거나 쾌감을 느끼는 것은 아니다. 다만 당황스럽고 가슴이 조마조마했다.

대무영은 무척이나 난감했다. 그렇지 않아도 주지화처럼 절색의 미녀가, 그것도 야들야들하고 풍만한 둔부가 자신의 그곳을 짓누르고 있어서 자꾸만 음경이 커지려는 것을 사력을 다해서 억제하고 있던 중이었다.

그는 말을 멈추고 얌전히 가만히 있는 주지화의 가느다란 허리를 잡아 번쩍 들고는 앞쪽에 앉혔다.

그러자 뭉툭하게 커진 그의 음경이 목표물을 잃고 옷을 찢을 듯이 퉁 솟구쳤다. 지금으로썬 그가 할 수 있는 방법은 이것밖에 없다.

"아……."

주지화는 깜짝 놀랐으나 앉혀준 대로 가만히 있었다. 그녀는 여태까지처럼 까불지도 않고 수다를 떨지도 않으며 살포시 고개를 숙이고 있는데 목덜미까지 새빨갰다.

대무영은 어색한 표정으로 묵묵히 말을 몰면서 주지화의 틀어 올린 뒷머리를 물끄러미 바라보았다.

그녀는 대무영을 좋아하는 것이 분명했다. 영랑이라고 부르면서 그를 남편처럼 대하고 있는 것이나 행동을 하는 것을 보면 그가 바보가 아닌 이상 충분히 짐작할 수 있다.

그렇다는 것은 그가 원하기만 하면 언제든지 몸을 허락할 준비가 되어 있다는 뜻이다.

대무영이 생각하기에 주지화에게는 어떤 깊은 사연이 있는 것 같았다.

그녀를 낙양 하남포구에서 처음 만났을 때에는 서로 원수처럼 죽일 듯이 싸웠었는데, 그러다가 그녀가 우연히 대무영이 목에 걸고 있는 목걸이 어천을 보게 되었으며, 그로써 싸움은 끝났다. 놀란 그녀가 일방적으로 손을 거두었다.

그랬을 뿐만 아니라 그녀는 그때부터 대무영 곁에 머물렀으며, 그를 대하는 태도가 완전히 변했다.

오만하고 냉정하며 고집스러운 성격인 그녀지만 무슨 일이든 대무영에게는 절대복종했었다.

그리고 우여곡절 끝에 기억을 잃은 그녀를 다시 만났을 때에도 그녀는 목걸이 어천을 보더니 대뜸 대무영을 자신의 낭군으로 여기고 '영랑'이라고 부르기 시작했다.

자신에 대한 모든 기억을 잃은 그녀가 어천만을 기억하고 있다는 것은, 어천이 그녀에게 그만큼 중요하다는 뜻이 아니겠는가.

그녀가 처음 어천을 봤을 때에는 그것에 대해서 대무영에게 설명해 주지도 않았으며 단지 성질을 죽이고 그의 곁에 얌전하게 머물기만 했었다.

그런데 기억을 잃은 상태에서 어천을 봤을 때에는 대뜸 그를 낭군이라고 불렀다.

기억을 잃기 전에는 제정신이었으니까 자제력이 있지만 기억을 잃은 상태에서는 잠재의식 속에 있던 어천에 대한 기억이 여과 없이 튀어나온 것이다.

그렇다면 어천이라는 것은 그녀의 남편을 상징하는 것일지도 모른다.

어천은 그녀의 친오빠인 주도현이 대무영에게 주었다. 그렇다는 것은 그가 대무영을 주지화의 남편감으로 점찍었다는 뜻일 게다.

도대체 주도현은 대무영의 무엇을 보고 누이동생 주지화의 남편감으로 점찍었는지 모를 일이다.

여기까지가 대무영이 그동안 주지화의 언행을 보면서 나름대로 짐작해 본 것들이다.

하지만 설혹 그의 짐작이 맞고, 그가 원하기만 하면 주지화가 몸을 허락할 것이라고 해도 그는 절대 그렇게 할 수가 없는 형편이다.

그는 소연에게 갚아야 할 너무나 큰 빚이 있기 때문이다. 그녀에게 용서를 비는 방법은 아무리 생각해 봐도 그녀를 아내로 맞이하는 것밖에 없을 것 같았다.

어린 소연의 순결을 짓밟았으므로 그렇게 하는 것이 남자의 도리라고 생각했다.

만약 그녀가 받아준다면, 그녀가 좀 더 어른이 될 때까지 기다렸다가 혼인을 할 것이다. 그래서 평생 그녀 한 여자만을 아내로 여겨야 한다. 그것이 대무영의 생각이고 여자에 대한 그만의 윤리관이다.

지금 대무영에게는 주지화가 문제가 아니다. 그는 낙양에 두고 온 해란화를 진심으로 사랑하고 있다.

그런데 소연 때문에 눈물을 머금고 해란화마저도 포기하려고 결심한 것이다.

느닷없이 음경이 발기한 것 때문에 주지화에 대한 생각이 자연스럽게 소연으로 이어졌고, 결국에는 해란화를 포기해야 한다는 생각까지 하게 되자 대무영은 마음이 더없이 착잡해졌다.

*　　*　　*

"흑······."

소연은 울음이 터져 나오려고 하는 것을 급히 손으로 입을 막아 간신히 참았다.

하지만 두 눈에서 방울방울 맑은 눈물이 흘러내리는 것까지는 어쩔 수가 없었다.

그녀는 조금 전에 대무영의 생각을 다 읽었다. 아니, 조금 전이 아니다.

그 일, 그러니까 대무영이 그녀의 순결을 취한 이후부터 그가 생각하는 것들을 마치 자신이 생각하는 것처럼 훤히 알게 되었다. 물론 그의 몸에 심어놓은 고독 덕분이다.

대무영이 술에 만취해서 그녀를 짓밟았다고 오해하는 것과, 그것 때문에 사랑하지도 않는 그녀가 성장하기를 기다려서 혼인을 하여 평생 그녀만을 위해서 살겠다고 결심한 것 등을 그가 생각하는 족족 다 읽었다.

또한 대무영에게는 낙양에 두고 온 따로 사랑하는 해란화라는 여자가 있으며, 지금 현재도 그를 '영랑'이라고 부르며 그의 그림자처럼 행동하면서 함께 여행을 하고 있는 천하절색의 여자가 있다는 사실도 알고 있다.

만약 대무영이 소연에게 일말의 가책도 느끼지 않았다거나 그녀를 책임지려는 마음도 없었다면 오히려 소연은 마음이 더 편했을 것이다.

그런데 대무영의 괴로워하는 심정은 소연이 예상했던 것보다 훨씬 지독했다.

그는 하루에도 몇 번씩이나 문득문득 자신이 소연을 짓밟았던 것을 떠올리면서 더할 수 없이 괴로워했으며, 그 마음은 고스란히 소연에게 전해졌다.

사실 마학사는 대무영의 심신을 완벽하게 제압하려는 목적으로 소연의 순결을 이용하여 그의 몸에 고독 암컷을 심었던 것이다.

그 음모에 동참하는 대가로 소연은 찢어지게 가난한 가족과 자신이 평생 호의호식할 수 있게 되었다.

사실 그녀에게는 있으나 없으나 상관없는 순결이었다. 만약 대무영에게 순결을 바치지 않았더라면 기루에 동기로 팔려서 낯선 손님의 하룻밤 쾌락거리로 잃었을 것이 거의 확실했었다.

그러므로 대무영은 철저히 피해자다. 소연은 잃은 것보다 훨씬 더 많은 것을 얻었으므로 가해자라고 할 수 있다. 그녀는 사전에 미리 이 음모에 대해서 자세히 알고 있었기 때문에 절대로 가해자의 신분에서 벗어날 수가 없다.

그렇기 때문에 대무영이 그 일로 괴로워하면 괴로워할수록 그녀의 마음은 찢어지는 것처럼 아픈 것이다.

"우… 욱… 잘못했어요……. 죽을 때까지 오라버니께 사죄하면서 살겠어요……."

소연은 그 자리에 엎드려 몸을 떨면서 오열했다.

*   *   *

대무영과 주지화는 무당산을 떠난 지 한 달여쯤 지났을 때 무안(武安)이라는 마을에 당도했다.

무안은 한수에서 서쪽 내륙으로 백여 리 이상 쑥 들어온 곳에 위치한 산간마을이다.

두 사람은 꼭 강가를 고집하지 않고 말 그대로 발길 닿는 대로 남쪽을 향해 줄곧 내려왔다.

무당산에서 이곳까지는 삼백여 리. 산길이라는 점을 감안해도 넉넉잡아서 닷새 남짓이면 떡을 치고도 남을 거리다.

그런데도 한 달이나 소요됐다는 것은 두 사람이 얼마나 느긋하게 왔는지 짐작할 수 있다.

또한 거의 대부분 산길이라서 주지화가 말한 것처럼 풍찬 노숙에 막천석지하며 이곳까지 왔다.

양양현에서 식량과 술을 충분히 준비했으며 노숙할 때 필요한 간이천막도 구비했었다.

간이천막은 둘둘 말아 주머니에 집어넣어 말꽁무니에 얹어서 갖고 다니다가 필요할 때 펼쳐서 나뭇가지와 돌을 잘 이용하면 훌륭한 천막이 됐다.

주지화는 마을에서 쉬는 것보다 노숙하는 것을 훨씬 더 좋아했다.

노숙 초기에는 모든 것을 대무영이 혼자서 다 했었다. 모닥불을 피우고 시냇물이나 샘을 찾아서 물을 떠오는 것이나, 건육과 말려서 가루로 빻은 곡식 가루 등을 먹기 좋게 늘어놓고, 천막을 펼쳐서 잠자리를 준비하는 것 등이다.

그런데 이틀째부터는 주지화가 거들기 시작하더니 사흘째에는 자기가 먹을거리를 준비하는 동안 대무영에겐 모닥불을 피우고 천막을 펼치는 일을 맡겼다.

그녀는 원래 무엇을 하든 손가락 하나 까딱하지 않는 귀족 중에 귀족이었다. 여북하면 낙양 무란청에서도 제 얼굴과 몸을 씻는데도 홍화쌍접이 시중을 들었지 자신은 가만히 있기만 했었다.

그리고 주위 사람들도 그녀가 그러는 것을 당연하다는 듯이 여겨졌었다.

그녀는 어딜 봐도 고귀하고 우아해서 자기 집에서도 그럴 것 같았기 때문이다.

그랬던 그녀가 대무영과 함께 풍찬노숙을 하는 동안 싫은 소리 귀찮은 기색 하나 없이 외려 자신이 솔선수범 앞서서 신나게 이것저것 준비를 하고 대무영의 시중을 드느라 법석을 떨었다.

그녀는 그러는 것이 너무나 즐겁다고 했으며, 지금이 가장 행복하다고 입버릇처럼 종알거렸었다.

말을 타고 산길을 갈 때나, 모닥불 가에서 저녁식사를 겸해 술을 마실 때에도, 간이천막 안에서 잠을 잘 때에도 주지화는 대무영 곁에서 떨어지지 않았다.

단지 식사 준비를 하거나 물을 떠올 때 아주 잠깐 떨어져 있었을 뿐이다.

그럴 때에도 마치 몇 년이나 못 보다가 다시 만난 사람처럼 달려와서는 그의 품에 안겨 한바탕 요동을 치다가 할 일을 하곤 했다.

두 사람의 행보가 늦은 데에는 그만한 이유가 있었다. 대무영이 하루에도 서너 차례나 가던 길을 멈추고 십단금 연마에 열중했기 때문이었다.

그리고 노숙할 자리를 정하고 저녁식사를 한 후에는 그 날

연마한 십단금을 정리하고 또 백보신권과 유운검법, 매화검법을 연마했다.

그런 식으로 하루에 무공을 수련하는 시간이 줄잡아 다섯 시진에 이르렀다.

잠을 세 시진쯤 자고 식사를 하느라 두 시진 정도 허비하면, 하루에 이동하는데 사용하는 시간은 불과 두 시진에 불과했다.

주지화는 대무영의 새로운 모습을 보게 되었다. 무공을 수련할 때의 그는 평소하고는 전혀 다른 모습을 보여주었다.

매우 엄숙하고 진지하며 과묵해져서 한마디 말도 하지 않고 수련에만 열중했다.

또한 같은 동작을 수백 차례나 되풀이했다. 옆에서 지켜보고 있는 주지화는 보는 것만으로도 지겨워서 몸이 뒤틀릴 지경인데 정작 수련을 하는 그는 너무도 진지했다.

그러나 주지화 눈에는 대무영이 같은 동작을 수백 차례나 되풀이하는 것처럼 보이지만, 대무영에게는 하나같이 다른 동작이었다.

그가 백보신권과 유운검법, 매화검법을 가일층 발전시킨 방법이 바로 이런 식으로 이루어진 것이다.

같은 동작을 끝없이 반복함으로써 거기에서 발견되는 미세한 여러 차이점을 비교하고 분석해서 그중에서 더 나은 것은 선택하고 나쁘다고 생각하는 것은 과감하게 버렸기 때문에 지금의 백보신권과 유운검법, 매화검법이 완성되었던 것이다.

한 달여가 지난 현재 대무영은 십단금을 겨우 흉내 정도 낼 수 있게 되었다.

이 성 삼 성이라고 수치를 말할 수 있는 단계가 아니라 말 그대로 흉내만 내는 정도였다.

한 가지 신기한 일이 있었다. 무당산을 떠난 후 이틀째부터 마구잡이로 공격해 왔던 도전자들이 대무영과 주지화가 양양현을 지나 산길로 접어들자 거짓말처럼 뚝 끊어졌다.

대무영은 사람이 많이 다니는 관도로 가면 도전자들 때문에 귀찮을 것 같아서 일부러 산길을 택했던 것인데, 그것이 주효했는지 양양현에서 이곳 무안현까지 오는 동안 도전자는 한 명도 없었다.

마치 대무영이 십단금을 연마하는 동안 도전자들이 알아서 배려해 준 것 같은 느낌이었다.

第四十一章
불끈거리다

대무영과 주지화가 탄 말은 산길을 벗어나 완만한 경사의 관도로 들어섰다.

두 사람은 언제나처럼 주지화가 앞에 대무영이 뒤에 앉아 있는 모습이다.

말은 대무영이 몰고 있다. 그러면 주지화가 뒤에 앉아야 하는데도 앞에 앉았다.

뒤에 앉는 것은 단지 대무영을 끌어안는 것뿐이어서 여간 불편하지 않으며 앞에 앉아야지만 그의 품에 눕듯이 기댈 수 있기 때문이다.

그녀는 여전히 대무영의 허벅지 위에 앉아 있다. 좀 더 정확하게 말하자면 그의 음경 위에 둔부를 살포시 얹어놓고 있는 것이다.

지금 두 사람은 서로의 신체 접촉과 밀착에 의해서 발생하는 여러 변화에 대해서 꽤 많이 너그러워진 상태다.

흔들리는 말 위에서 음경 위에 따스하고 포동포동한 절색미녀의 둔부를 얹고 있는 상황에서 정직한 그의 신체는 놀랍도록 신속하게 반응을 했다.

한 달 전 같았으면 이런 자세에서 대무영의 음경이 발기를 했을 때 두 사람 다 당황해서 어쩔 줄 몰랐겠지만 지금은 태연하다.

아니, 그런 일이 비일비재하게 일어나다 보니까 익숙해졌다고 할 수 있다.

하지만 실제 마음은 절대 익숙하지 않았다. 나날이 새롭고 흥미진진하다.

원래 도둑질도 처음이 두렵고 간이 콩알만 해지는 것이지 자꾸만 하다 보면 겁이 없어진다. 대신 아슬아슬한 쾌감을 즐기게 된다.

이것도 그와 같다. 마상에서나 밤에 천막에서 서로 부둥켜안은 채 잠을 잘 때도 대무영의 그것은 잠결에도 어김없이 정직한 반응을 보인다.

그때 두 사람은 감중연 모른 체 하지만 사실 속으로는 외줄타기와 같은 쾌감, 혹은 조마조마함을 즐기고 있다.
　산꼭대기에 오른 것보다는 오르는 과정이, 맛있는 요리를 먹고 난 후보다는 먹는 과정이 즐겁고 좋은 이유가 바로 그것 때문이다.
　다각다각…….
　주지화는 아까부터 말이 없다. 대무영의 그것이 또 커져서 둔부의 계곡 깊숙한 곳을 찌르고 있기 때문에 바짝 긴장하고 있는 중이다.
　그런데 그의 어깨에 고개를 기댄 채 눈을 감고 있던 그녀가 불쑥 물었다.
　"영랑, 여자하고 자봤어?"
　"응."
　주지화의 늘씬한 교구가 눈에 띄게 움찔했다.
　"누님들하고, 그리고 북설하고 여러 번 자봤어."
　'휴우…….'
　주지화는 대무영 모르게 한숨을 토해냈다. 그녀는 여행을 하는 동안 대무영에 대해서 이것저것 알게 됐다. 과묵한 그이지만 그녀가 자꾸 묻기 때문에 자신에 대한 것들을 두서없이 얘기해 준 것이다.
　그 과정에 아란이나 청향 등 가족과 북설에 대해서도 알게 되었다.

또한 대무영이 그녀들과 얼마나 친한지 잘 알기 때문에 그녀들과 함께 잤다는 것이 그녀가 묻는 의도와 다르다는 사실을 알고 있다.

주지화는 다시 물어볼까 하다가 그만두었다. 그가 여자하고 동침을 해봤다고 대답할까 봐 겁이 났다.

"사람들이 없군."

대무영이 불쑥 중얼거리는 바람에 주지화는 상체를 세우고 주위를 둘러보았다.

아닌 게 아니라 그의 말대로 관도에는 행인이 한 명도 보이지 않고 곧게 뻥 뚫려 있었다.

아무리 시골이라고 해도 산간벽지가 아닌데, 그리고 명색이 관도인데 앞뒤로 수백 장에 사람 그림자조차 보이지 않는다는 것은 좀 이상했다.

"영랑, 쥐새끼들이 숨어 있어."

그때 문득 주지화의 얼굴이 차가워지더니 입술을 뾰족하게 내밀고 종알거렸다.

대무영의 말을 듣고 그녀는 공력을 끌어올려 청력을 돋우는 즉시 관도 양쪽 숲 속에 많은 사람이 숨어 있다는 사실을 감지했다.

그들이 제아무리 숨을 죽이고 있어도 주지화의 청력을 피할 수는 없다.

그녀의 말을 들었는지 다음 순간 두 사람의 전방 양쪽 숲 속에서 우르르 사람이 쏟아져 나왔다.

대무영이 힐끗 뒤돌아보니 뒤쪽에도 똑같은 상황이 벌어지고 있었다.

관도에 사람이 없는 것은 이들이 미리 관도를 통제했기 때문일 것이라는 생각이 들었다.

그렇다면 이들은 대무영과 주지화가 이쪽으로 올 줄 미리 알고서 기다리고 있었던 것이 분명하다.

대무영은 슬쩍 미간을 좁혔다. 오랜 산행에서 마을로 내려오는 길에 이런 일이 생길 줄은 예상하지 못했다.

한눈에도 이들은 마학사에게 전신을 산 도전자가 아니라는 것을 알 수 있다.

도전자가 한꺼번에 수십 명이나 몰려들 리가 없다. 더구나 이들은 모두 똑같이 청의 경장을 입고 있는 것을 보니 한 문파나 방파에 속한 자들이 분명했다. 또한 이들의 수는 대략 오십여 명에 달했다.

대무영이 말을 멈추자 그들은 천천히 움직여서 사방에서 엄밀하게 말을 포위를 했다.

대무영이나 주지화의 실력이라면 말 등에 앉은 채 솟구쳐서 숲 속으로 몸을 날려서 순식간에 달아날 수 있지만 그렇게 하지 않았다.

첫째, 이들 오십여 명이 조금도 두렵지 않았다.

둘째, 이들이 누군지 궁금했다.

셋째, 한 달이 넘는 동안 말하고 정이 들어서 말을 버리고 싶지 않았다.

그밖에도 달아나고 싶지 않은 이유가 수두룩했다.

청의 경장을 입은 자들은 훈련이 잘되어 있고 수양이 깊은 듯했다.

오합지졸들은 이런 상황에서 웅성거리며 괜히 겁을 주려고 어깃장을 부리기 일쑤인데 이들은 매우 조용했다.

다만 하나의 공통점이 있었다. 이들 모두가 마상의 두 사람을, 아니, 대무영을 분노와 원한이 가득한 표정으로 노려보고 있다는 사실이었다.

대무영은 이들을 전혀 모른다. 둘러봐도 아는 얼굴이 한 명도 없다.

그런데 생면부지의 사람 오십여 명이 원한과 분노의 표정으로 그를 노려보고 있다는 것을 어떻게 이해해야 할지 모를 일이다.

그러나 그는 먼저 말을 꺼내지 않았다. 이런 상황에서 먼저 말을 하면 계속 말을 해야 하고 결국 기선을 제압당하고 만다는 것을 알고 있기 때문이다. 아니, 그것보다도 그는 원래 과묵한 성격이다. 잠시 기다리면 누군가 궁금증을 풀어줄 것이다.

"네가 단목검객이냐?"

과연 전방 복판에 서 있는 인물이 말문을 열었다. 다들 이삼십대의 팔팔한 나이인데 방금 말을 한 자만 사십대 초반의 나이다. 그렇다는 것은 그가 이 무리의 우두머리라는 뜻일 게다.

그는 한마디를 던져놓고 앞에 앉은 주지화보다 머리 하나 반은 더 크고 체구는 두 배 이상 큰 대무영을 불타는 듯한 눈빛으로 쏘아보았다.

"그렇다."

대무영은 짧게 대답하고 그자의 반응을 기다렸다. 궁금한 것은 그가 또 말을 해줄 것이다.

원래 용건이 있어서 찾아온 자가 먼저 설명을 하는 것이 세상의 이치다.

우두머리는 뺨을 씰룩였다. 노려보는 눈빛으로는 분노를 표출하는 것이 부족했던 모양이다.

"너는 형산일도풍 나운택을 아느냐?"

답이 절반쯤 나왔다. 대무영은 '형산일도풍 나운택'이라는 이름을 듣는 순간 머릿속이 환해질 정도로 깨달아지는 것이 있었다.

이들은 나운택과 같은 사문, 즉 형산파 제자들이 분명했다. 그런데 그들이 무슨 이유로 험상궂은 표정을 지으며 잡아먹을 듯이 노려보고 있는지는 여전히 모르겠다.

형산일도풍 나운택은 대무영이 속세에 나와서 최초로 싸운 쟁천십이류였었다.

그 당시에 대무영은 화산 근처의 화음현 오룡방의 일개 조장으로 막 임명됐었다.

그날 밤에 조원들끼리 회식을 하러 아란이 주인으로 있는 연지루에 와서 한바탕 술을 마시는 도중에 형산일도풍 나운택과 마주쳤었다.

마지막에 두 사람은 싸움이 붙었으며 대무영이 목검으로 나운택의 명치를 가볍게 찔러서 혼절시킴으로써 간단하게 승리했었다.

나운택은 매우 예의 바르고 정의로운 사람이었다. 그는 자신이 패했음을 인정하고 손수 자신의 도에서 쟁천표루, 즉 명루를 풀어서 대무영의 목검 손잡이에 묶어주었을 뿐만 아니라 자신의 명협증패를 기꺼이 대무영에게 바쳤었다. 그리고는 대무영을 높이 평가했었다.

대무영은 지금도 나운택이 떠나기 직전에 했던 말을 똑똑하게 기억하고 있다.

"귀하는 장차 강호에서 큰 위명을 떨칠 것이라고 나는 확신하오. 그리되면 나는 귀하에게 패한 것을 부끄럽게 생각하지 않을 것이오. 아니, 자랑스럽게 여길 것이오."

대무영의 나이가 십팔 세라는 것과 그의 정정당당함, 인격 등을 알아본 그는 그렇게 말했었다. 그리고는 혼절한 친구 장호연을 말에 태우고 떠났었다.

나운택에 대해서 좋은 기억을 지니고 있는 대무영이 그를 아느냐는 물음을 부인할 이유가 없다.

"알고 있소."

대무영이 대답을 하자 우두머리와 경장 고수들의 얼굴에 더욱 짙은 분노가 떠올랐다.

"알고 있다니 더 이상 긴말은 필요하지 않겠군."

대무영은 이들이 어쩌면 나운택과 같은 동문, 즉 형산파 사람들일 것이라고 짐작했다.

그런데 대체 왜 이들이 이렇게 분노에 가득 찬 표정을 짓고 있는지 짐작조차 할 수가 없다. 마치 대무영을 원수처럼 대하고 있지 않은가.

"나운택은 형산파에 있소?"

대무영은 무언가 미심쩍지만 그래도 나운택을 한 번 만나보고 싶었다.

우두머리의 얼굴이 시뻘겋게 물들면서 험상궂게 변하더니 마침내 폭발했다.

"이놈아! 네놈이 운택 사제를 처참하게 죽여 놓고서 이제 와서 발뺌을 하는 것이냐?"

대무영은 일이 이상한 방향으로 풀리는 것을 느꼈다. 나운택이 죽다니 뜻밖이다.

짐작컨대 이들은 대무영이 나운택을 죽였다고 복수를 하려는 것이 분명했다.

하지만 그는 나운택의 죽음과 눈곱만큼도 상관이 없을뿐더러 아주 좋게 헤어졌었다.

그것은 그 당시에 그 자리에 있던 단목조원도 모두 목격했었다.

하지만 그들은 모두 낙양에 있으니 증언을 해줄 수가 없는 입장이다.

그래도 대무영은 자신의 힘으로 이 오해를 풀 수 있을 것이라고 생각했다.

자신이 나운택을 죽이지 않았으므로, 즉 결백은 어떤 식으로든 증명될 것이라고 순진한 마음으로 낙관했다.

"이거 보시오. 무슨 오해를 한 모양인데 나는 나운택을 죽이지 않았소."

"이 비겁한 놈아! 소위 쟁천십이류의 군주라는 자가 우리가 두려워서 거짓말을 하는 것이냐?"

우두머리의 고함에 대무영은 속에서 불덩어리가 치밀어 오르는 것을 겨우 참았다.

홍정은 붙이고 싸움은 말리랬다고, 오해는 풀어야 한다는 생각에서다.

만약 오해를 풀지 않아서 싸움이 벌어진다면 그야말로 쌍방에 백해무익한 싸움이 되는 것이다.

대무영과 주지화는 단둘이지만 능히 이들 오십여 명 모두를 죽일 수 있다.

그러나 그것은 그야말로 손을 더럽히는 꼴이고 마음은 결코 편하지 못할 것이다.

"말 잘했소. 나는 군주요. 내가 마음만 먹으면 눈 하나 까딱하지 않고 당신들 모두를 죽일 수 있소."

대무영이 나직하지만 웅혼한 목소리로 말하자 우두머리, 즉 형산파 장문인의 대제자이며 나운택의 대사형인 마철주(馬哲周)와 형산파 제자들은 잠잠해졌다.

그러나 얼굴에는 대무영의 말에 불복하는 기색이 역력했다. 어찌 너 혼자서 우리 오십여 명을 죽일 수 있다는 말이냐? 라는 표정이다.

하지만 입 밖에 내지 않는 것으로 미루어 대무영을 두려워하는 것이 분명했다.

그런데도 불구하고 감히 앞을 가로막고 포위를 한 것은 이들이 그만큼 나운택을 아끼고 사랑한다는 뜻이다.

"나를 어떻게 찾았소?"

대무영의 물음에 우두머리 마철주가 분노를 참으며 이글이글 노려보며 대답했다.

"네가 무당파에서 나와 여기까지 오는 동안 많은 고수를 죽였는데 어찌 소문이 나지 않겠느냐?"

대무영은 담담히 고개를 끄떡였다.

"그렇소. 우리는 여기까지 오는 동안 열 명의 후선과 두 명의 패령을 죽였소."

그 말에 형산파 제자들은 찔끔하며 어깨를 움츠렸다. 이들은 사실 대무영이 죽인 자들의 신분에 대해서는 아는 바가 없었다.

그런데 죽은 열두 명이 모두 후선과 패령이라니 절로 오금이 저릴 일이다.

이들 오십여 명 중에서 마철주가 공부이고 그의 사제 한 명이 명협일 뿐 나머지는 쟁천십이류에 명패도 내밀지 못하는 실력이기 때문이다.

대무영은 주지화가 처음부터 발작하려는 것을 가만히 있으라고 신호를 보내고 있다.

그는 전음을 할 줄 모르고 또 수십 명이 보고 있는데서 그녀에게 어떤 행동을 취하는 것도 좀 뭐해서 남들이 모르는, 그러나 두 사람만이 알 수 있는 방법을 행했다.

아까부터 그녀의 계곡 깊숙한 곳을 찌르고 있는 발기한 음경으로 불끈불끈 힘을 줘서 신호를 보내는 방법이다.

좀 이상한 방법이긴 하지만 지금 상황으로썬 그것이 가장 간단하고 주지화가 알아차리기 쉬운 방법이다.

그렇지만 그 방법이 주지화에게 전가하는 여파까지는 대무영은 상상하지 못했다.

자의인지 타의인지 그의 발기한 음경은 그녀의 그곳을 정확하게 찌르고 있는데, 한 번 불끈거릴 때마다 그녀는 흡사 그곳이 뚫어지는 듯한 느낌을 받았다.

그 때문에 몸이 찌릿찌릿해서 가늘게 떨리고 살짝 숨이 가빠지는 것을 애써 참느라고 그녀 나름대로 안간힘을 다하고 있는 중이다.

그런 그녀의 어깨에 대무영이 손을 얹었다.

"그들을 죽인 것은 내가 아니고 이 사람인데 누군지 알아보겠소?"

형산파 제자들의 시선이 일제히 주지화에게 집중됐다.

대무영은 천천히 자신의 방갓을 벗으면서 주지화의 방갓도 같이 벗겼다.

"아······."

순간 주지화의 절색미모를 발견한 형산파 제자들은 눈이 휘둥그렇게 떠지며 신음을 흘렸다.

그들은 이 날까지 이토록 아름다운 여자를 한 번도 본 적이 없었다.

"설마… 옥봉검신이란 말인가?"

그때 형산파 제자 중 누군가 신음하듯이 중얼거리는 소리가 모두의 귀에 들렸다.

그 순간 주지화를 주시하는 형산파 제자 모두의 얼굴에 대경실색이 가득 떠올랐다.

쟁천십이류의 최고봉은 천무인 천무천인 독고천성이지만, 강호의 남자들 세계에서는 독고천성보다는 옥봉검신 우지화가 훨씬 더 유명한 존재다.

천무천인 독고천성은 지상최고의 강자다. 그러나 옥봉검신은 독고천성보다는 훨씬 약하지만 최고의 무기인 절대미모를 지니고 있기 때문에 강호의 남자들에게는 단연 신적(神的)인 존재인 것이다.

그것이 남자들의 본성이고 관심사다. 자신들이 오를 수 없을 정도로 고강하고 절대적 미모를 지닌 미의 여신(女神). 그녀가 바로 옥봉검신인 것이다.

그런데 형산파 제자들은 그제야 한 가지 이상한 광경을 발견했다.

주지화가 등을 대무영의 몸 앞면에 밀착시킨 채 허벅지 깊은 곳에 올라앉아 있는 모습이다.

그것은 천하제일미 옥봉검신이 단목검객과 어떤 관계라는 것을 단적으로 증명하는 광경이다.

형산파 제자들은 부러움에 가득 찬 표정으로 대무영을 쳐다보았다. 그들은 대무영이 옥봉검신의 정인이라고 믿어 의심하지 않았다.

그런 것을 전혀 알지 못하는 주지화는 턱을 살짝 치켜들고 싸늘하게 냉소했다.

"그래, 내가 옥봉검신 주지화다."

"우지화."

"우지화다."

대무영이 지적하자 그녀는 태연하게 이름을 바꾸어 다시 말했다.

그녀는 기억을 잃은 후에는 광녀와 마녀의 모습이었고, 대무영과 함께 있을 때에는 말괄량이에 애교덩어리였었다. 하지만 지금 그녀의 모습은 예전 기억을 잃기 전의 바로 그 도도하기 짝이 없는 그것이다.

기억은 잃었으나 지닌바 천품은 잠재적으로 유지하고 있는 것 같았다.

형산파 제자들은 크게 동요했다. 그들은 한 번도 옥봉검신

불끈거리다 229

을 본 적이 없으나 그녀의 미모나 특징에 대해서는 귀가 따가울 정도로 많이 들어서 잘 알고 있다.

그런 그들이 봤을 때 마상에 도도하게 앉아 있는 여자는 옥봉검신 우지화가 틀림없었다.

더구나 그녀가 어깨에 메고 있는 한 자루 보검의 검파에는 붉은색의 옥으로 새겨진 봉황이 새겨져 있으며 검파 끝에는 오색검실이 나풀거렸다.

그녀의 성명무기이며 상징인 옥봉검이다. 옥봉검은 천하 삼대명검 중에 하나다.

그것 하나만 봐도 그녀가 옥봉검신 우지화가 틀림없다는 것을 알 수 있다.

대무영은 오해 때문에 형산파 제자들을 죽이기가 싫어서 주지화의 신분까지 밝혔다.

"어떻소? 나와 옥봉검신이라면 당신들을 능히 죽일 수 있지 않겠소?"

그의 말에 마철주와 형산파 제자들은 꿀 먹은 벙어리처럼 아무 말도 하지 못했다.

사실 이들은 단목검객이 형산파 쪽으로 남하하고 있다는 소문을 듣고는 이런 절호의 기회를 놓칠 수 없다면서 그를 죽이기 위해서 마철주 이하 문하제자의 삼 할인 오십여 명이 뭉쳤다.

이들은 과연 자신들 오십여 명으로 군주인 단목검객을 죽일 수 있을까 확신하지 못했었다.

그러나 사력을 다해서 합공을 하면 가능성이 절반쯤은 있을 것이라고 생각했다.

그러나 대무영은 군주 같은 왕광이다. 그와 평수를 이루려면 형산파 제자가 최소한 백여 명은 모여야 할 것이라는 사실을 이들은 모르고 있다.

어쨌든 마철주 이하 형산파 제자들은 단목검객에다가 옥봉검신 우지화까지 상대할 자신은 없다. 차라리 계란으로 바위를 깨는 쪽이 더 쉬울 것이다.

약자의 특권은 자신들이 불리하다는 판단이 섰을 때에는 바로 꼬리를 내린다는 점이다.

그리고 강자의 말에 설득력을 얹어준다. 즉, 강자의 말이 그럴 듯하게 들린다는 것이다.

마철주는 뜨악한 표정으로 어눌하게 말문을 열었다.

"그렇다면 귀하가 나운택을 죽이지 않았다는 말이오?"

말투까지도 바뀌었다.

대무영은 이들이 약자에겐 강하고 강자에겐 약한 것에 대해서 환멸을 느꼈으나 지금은 그게 문제가 아니다.

"그렇소."

그가 담담하게 고개를 끄떡이자 마철주는 형산파 제자들

을 둘러보았다.

형산파 제자들은 고개를 끄떡이며 대무영의 말을 믿는다는 표정을 지었다.

그들이 생각해 봐도 대무영의 말은 충분히 일리가 있는 것 같았다.

쟁천십이류의 군주 정도 되는 인물이, 더구나 신위인 옥봉검신까지 곁에 있는데 형산파 제자 오십여 명이 무서워서 거짓말을 할 리는 없다고 생각했다.

"귀하의 말을 믿겠소."

"고맙소."

마철주의 말에 대무영은 고개를 끄떡였다.

이번의 일로 그는 두 가지 큰 사실을 깨달았다. 성질을 누그러뜨리고 차근차근 대화를 시도하면 쓸데없는 살인을 사전에 막을 수도 있다는 사실이다.

이 일은 이렇게 하려고 인위적으로 작정해서가 아니다. 무당파에서 장문인 무학자의 속가제자가 된 이후에 나름대로 행동에 조심하고 매사 사려 깊게 처신하려고 애쓴 결과라고 할 수 있다.

그래서 그는 자신의 몇 마디 말로 인해서 큰 싸움을 미연에 방지했으며 형산파 제자 오십여 명의 목숨을 구한 것에 대해서 스스로 대견하다는 생각이 들었다.

또 한 가지는, 자신의 말을 믿게 하려면 그전에 강력한 힘이 선행되어야 한다는 사실이다.

 즉 약자의 말은 어디에서나 그리고 누구에게나 공허하게 들린다는 것이다.

 그러나 한 가지 짚고 넘어가야 할 것이 있다. 이들이 어째서 단목검객이 나운택을 죽였다고 생각하는 것인지를 알아내야 한다.

 "내가 나운택을 죽였다고 누가 그럽디까?"

 "나운택의 막역지우인 모산파(茅山派)의 비벽검(飛碧劍) 장호연(張浩淵)이오."

 "장호연."

 그 당시에 화음현 연지루에서 단목조가 회식을 하고 있을 때 뒤늦게 주루에 들어온 장호연이 자리 때문에 먼저 시비를 걸어서 싸움으로 번졌었다.

 그때 대무영은 장호연의 턱에 가볍게 주먹을 날려서 혼절시켰을 뿐이었다.

 만약 주먹에 힘을 조금이라도 줬으면 장호연의 얼굴 절반이 박살 나서 즉사했을 것이다.

 대무영은 자신과 나운택 사이에 있었던 일을 대충 간략하게 설명해 주었다.

 즉, 나운택이 패배를 인정하고 대무영에게 명협증패를 주고는 혼절한 장호연을 말에 싣고 떠났다는 얘기다.

"장호연이 뭐라고 말했소?"

"귀하에게 패한 이후에 운택 사제는 다시 명협이 되기 위해서 이곳저곳 전전하면서 명협들에게 몇 차례 도전을 했다가 마침내 명협이 됐다고 하오."

"운이 좋았군."

"운이 나빴던 것이오. 장호연의 말에 의하면 그 다음 날 귀하가 나타나서 나운택을 죽이고 명협증패를 탈취해 갔다고 했으니까 말이오."

"내가?"

대무영은 어이없는 표정을 지었다가 곧 어떻게 된 일인지 깨달았다.

"장호연이 나운택을 죽이고 명협증패를 뺏고는 내게 덮어씌운 것이로군."

마철주는 무겁게 고개를 끄떡였다.

"지금으로 봐선 아마 그렇게 생각하는 쪽이 가장 설득력이 있는 것 같소. 장호연은 명협증패가 탐나서 운택 사제를 죽인 듯하오."

대무영은 장호연이 나운택을 죽였을 것이라고 확신했다. 장호연은 실력으로 나운택보다 하수지만, 절친한 친구이기 때문에 마음만 먹으면 언제든지 나운택을 죽일 수 있는 위치에 있었다.

또한 그가 형산파에 찾아와서 단목검객이 나운택을 죽였다고 있지도 않은 거짓말을 하여 누명을 씌운 것이 움직일 수 없는 명백한 증거다.

"음, 명협증패 때문에 친구를 죽이다니… 절대로 용서할 수 없는 놈이로군."

대무영은 장호연의 야비함과 잔인함, 그리고 간악함에 분노를 느꼈다.

마철주는 대무영에게 정중히 말했다.

"이제 어떻게 된 일인지 전말을 알았으니 이 사실을 무림청에 고하고 나서 본 파는 장호연을 잡기 위해서 총력을 기울이겠소."

그는 대무영에게 포권하며 고개를 숙였다.

"잠시 오해를 하여 누를 끼쳤던 점을 용서하시오. 큰 실례를 범했소이다."

대무영은 마철주의 사내다움에 조금 마음이 풀려서 손을 저었다.

"개의치 마시오. 그보다 꼭 장호연이라는 놈을 잡아서 복수를 하기 바라겠소."

"고맙소."

마철주 이하 형산파 제자들은 모두 대무영에게 포권을 하고 나타날 때보다 더 빨리 숲 속으로 사라졌다.

대무영이 숲을 응시하면서 잠시 생각에 잠겨 있을 때 주지화가 그의 어깨에 머리를 기대며 종알거렸다.

"한바탕 싸움이 벌어질 줄 알고 신났었는데 시시하게 끝나 버렸네."

대무영은 어린아이를 달래듯 그녀의 머리를 쓰다듬으며 미소 지었다.

"싸우지 않는 것이 더 좋은 것이다."

"어째서?"

"그게 그러니까……."

그걸 설명하기에는 대무영은 말주변이나 지식이 부족했다.

"몰라도 괜찮으니까 설명하려고 애쓰지 마."

주지화는 대수롭지 않은 듯 고개를 젓고는 몸을 길게 눕히며 그의 품에 상체를 기댔다.

"아까 그거 또 해봐."

"뭐를 말이냐?"

주지화의 얼굴이 붉어지면서 목소리가 작아졌다.

"그거… 불끈거리는 거……."

第四十二章
그림자가 되리라

대무영과 주지화는 서둘러 무안에서 필요한 물건들을 구입하고 다시 산으로 들어갔다.

산행을 한 달쯤 했더니 사람 사는 곳에 있는 것보다 산이 훨씬 더 좋았다.

"영랑, 우리 나중에 깊은 산에 들어가 단둘이서 오순도순 살까?"

무안을 출발하여 형산 동쪽 산등성이를 타고 남하하고 있을 때 주지화가 불쑥 중얼거렸다.

대무영이 대답이 없자 그녀는 상체를 틀어 그의 얼굴을 돌아보았다.

"영랑은 싫어?"

"아… 좋아."

소연이나 해란화가 있는데 어찌 주지화하고 단둘이 심산유곡에 은거할 수 있겠는가.

"그런데 표정이 왜 그래?"

"속이 좋지 않아서……."

대무영이 얼굴을 찌푸리며 배를 쓰다듬자 주지화가 예쁜 얼굴로 물었다.

"똥 마려?"

*   *   *

마학사는 단목검객 외에 여섯 명의 전신을 팔면서 강북일대를 돌고 돌다가 어느덧 남소현의 광명루까지 왔다.

"대무영에게서 옥봉검신을 떼어놓는다."

그는 항상 혼자 생각했다가 결정된 것만 말한다. 누구에게 상의하거나 고민하는 적이 없다.

그는 광명루에 우연히 온 것이 아니라 와야 할 이유가 있어서 왔다. 대무영 때문이다.

현재 그가 직접 거래하고 있는 쟁천고수는 대무영까지 모두 일곱 명이다.

 물론 대무영과 같은 종류의 돈벌이다. 그는 쟁천상류만을 직접 담당한다.

 그리고 그의 수하들이 쟁천하류의 전신을 팔고 또 수거한 쟁천중패를 팔고 있다.

 그들이 거래, 관리하고 있는 쟁천고수는 백여 명. 오늘 현재까지 정확하게 백여섯 명에 이른다.

 마학사와 수하들이 관리하고 거래하는 백십삼 명의 쟁천고수는 그들이 속한 등급에서 최고 수준을 자랑한다.

 대무영의 진짜 실력이 왕광이고 등급은 군주인 것처럼, 다른 백십이 명도 모두 그런 식이다.

 마학사의 수하들이 관리하고 있는 쟁천하류의 최하등급은 공부이며 이십오 명이다.

 하지만 그들은 하나같이 높게는 군주, 낮게는 후선 정도의 실력자다.

 그러므로 싸우면 무조건 백전백승일 수밖에 없다. 공부에게 도전하는 자들은 거의 대부분 명협이니까 군주나 후선 같은 공부를 이길 리가 없지 않겠는가.

 마학사 관리하에 있는 쟁천고수들은 대무영을 제외하곤 전부 위 등급으로 오르려고 하지 않는다.

 그런 것보다는 짭짤한 돈벌이가 더 좋기 때문이다. 즉, 명

예보다는 눈앞에 당장 보이는 이익을 선호한다. 그래서 그들은 전부 고래 등 같은 대장원에서 떵떵거리며 왕후장상 부럽지 않게 살고 있다.

"너… 소연이라고 했느냐?"

술 한 잔을 입에 털어 넣고 나서 마학사는 탁자 맞은편에 두 손을 앞에 모으고 겁먹은 듯 오도카니 서 있는 소연을 쳐다보았다.

"네… 어르신."

"나는 어르신이 아니다."

"……"

마학사는 오랫동안 지어보지 않은 자상한 미소를 얼굴에 떠올리려고 애썼다.

"할아버지라고 불러라."

"……"

"어서 불러봐라."

마학사 딴에는 소연하고 친해보려는 수작인데 밥상을 차려준다는 것이 할아버지라고 부르지 않으면 혼내주겠다는 분위기가 돼버렸다.

그런데도 그는 이런 일에는 경험이 없어 미숙한 까닭에 그것을 느끼지 못했다.

단지 옆에 앉아서 술을 따르며 조용히 시중을 들고 있는 광명루주 적아만이 보일 듯 말 듯 씁쓸한 미소를 짓고 있을 뿐이다.

"할아버지……."

"오냐, 됐다."

소연은 파랗게 질려서 겨우 불렀으나 마학사는 만족한 미소를 지었다.

"이리 앉아라."

참을성이 많은 마학사는 소연이 쭈뼛거리며 탁자 맞은편에 앉는 것을 기다렸다.

"네가 고독으로 무영 곁에서 옥봉검신을 떨어뜨려 놓을 수 있겠느냐?"

소연은 대무영의 상황을 훤하게 알고 있기 때문에 마학사가 이런저런 설명을 하지 않아도 된다.

소연은 머뭇거렸다.

"해볼 수는 있지만……."

"있지만?"

"무슨 사단이라도 난다면……."

"사단? 무슨 사단?"

"그게……."

마학사는 자신이 물어놓고서 금세 그 뜻을 알아차리고 고개를 끄떡였다.

"그렇군, 충분히 사단이 날 수 있겠다."

그는 새삼스러운 듯 소연을 바라보았다.

"너 영특하구나?"

소연은 마학사가 고독을 심으라고 지시한 장본인이라는 사실을 알고는 그의 칭찬이 독화살에 심장을 찔린 것처럼 섬뜩했다.

마학사는 소연이 말한 '사단'이 무엇인지 짐작했다. 즉, 소연이 고독을 통해서 대무영에게 옥봉검신을 떼어놓으라고 지시를 해도, 옥봉검신의 무공이 대무영보다 고강하고 그녀가 절대로 떨어지지 않으려 할 것이기 때문에 큰 말썽이 생길지도 모른다는 뜻이다.

소연이 거기까지 내다보았기에 마학사가 그녀를 영특하다고 칭찬한 것이다.

마학사는 오랜 버릇인 듯 손가락 하나로 찌푸린 미간을 지근지근 누르면서 생각에 잠겼다가 이윽고 가라앉은 목소리로 말했다.

"결국 그 방법뿐인가?"

적아는 처음부터 아무 말도 하지 않고 술만 따르면서 가끔 마학사의 옆얼굴을 바라보았다.

마학사는 술잔을 집어들었다.

"할 수 없지. 무영이 계속 돈을 벌어들이게 하려면,"

그는 어려운 결단을 내린 듯했다. 하지만 무슨 결단인지 그 자신만 알 뿐이다.

사실 그는 대무영에게 보내고 있는 도전자들을 미묘하게 조절하고 있는 중이다.

대무영에게 도전하는 고수들을 죄다 옥봉검신이 처리하고 있으니까 문제다.

도전을 받아야 할 대무영이 손가락 하나 까딱하지 않기 때문에 이것은 정당한 도전이라고 할 수 없다.

만약 이런 사실이 소문이라도 나면 마학사의 장사에 지장이 초래될 것이다.

더구나 이미 신위이며 천하제일미인 옥봉검신이 단목검객 곁에 딱 붙어 있다는 소문이 솔솔 퍼지기 시작하면서 쟁천고수들이 단목검객에게 도전하는 것을 기피하는 현상이 조금씩 생기고 있다.

이래서는 안 된다. 마학사는 자신이 관리하고 있는 쟁천고수 중에서 대무영이 장차 최고의 부를 창출해 낼 것이라고 굳게 믿고 있다. 그만큼 그의 가능성을 높게 평가하고 있기 때문이다.

그래서 마학사는 옥봉검신을 쫓아버리려고 어려운 결정을 내렸다.

그의 인생에서 제일 중요한 것은 돈을 버는 것이다. 대무영이 돈벌이를 하지 못한다면 쭉정이나 다름이 없으므로 가차 없이 내쳐야 한다.

그러나 그는 장차 마학사에게 최고의 부를 안겨줄 잠재적 복덩이임에는 틀림없다.

어려운 결정이지만, 일단 결정을 내리고 나니까 마음이 한결 편해져서 다른 생각을 할 여유가 생겼다.

"적아야."

마학사는 상체를 뒤로 젖히고 다리를 꼬면서 느긋하게 적아를 불렀다.

"네, 아버님."

적아는 고즈넉이 대답했다. 그런데 그녀는 마학사를 아버님이라고 불렀다. 사실 그녀는 마학사의 친딸이었다.

"낙수천화 쪽은 어떠냐? 타격이 있느냐?"

낙수천화에는 마학사가 운영하는 기루가 열 곳 정도 있다.

적아는 보일 듯 말 듯 씁쓸한 표정을 지었다.

"해란화가 너무 유명하다 보니까 주변의 기루들은 기를 펴지 못하는 것 같아요."

"그런가?"

"네, 해란화 덕분에 낙수천화를 찾는 손님들이 삼 할 정도 늘었다고 하는데, 해란화가 끝없이 확장에 확장을 거듭하면서 거대해지니까 소용이 없어요."

처음 듣는 말에 마학사는 자세를 똑바로 했다.

"확장에 확장이라니?"

적아는 이곳 남소현의 기루 광명루의 루주가 아니라 마학사가 운영하는 기루들, 즉 보천기집(普天妓集)이라고 불리는 조직 전체를 관장하고 있는 총루주다.

보천기집 휘하에는 이백여 개의 기루가 있으며 미인이 많기로 유명한 절강성 항주에 삼십여 개가 밀집해 있다.

적아는 항주의 명야루(明夜樓)라는 기루에 머물고 있는데, 대무영 때문에 남소현의 광명루까지 왔던 것이다. 사실 그녀는 항주에 비해서 벽촌이나 다름이 없는 이런 곳은 생전 처음 와보았다.

"처음에 해란화가 개업할 당시에는 기녀 백오십여 명이었으나 개업한지 닷새 만에 낙수천화의 기녀들을 대대적으로 모집하여 총 삼백여 명으로 보강. 하루 최대 칠백여 명의 손님을 받을 수 있는 규모였어요."

"대단하군. 명야루와 비교하면 어떠냐?"

보천기집 최고 최대 기루가 항주의 명야루다.

"명야루는 기녀 이백에 하루 손님 사백여 명을 받는 것이 최대입니다."

"해란화가 그 정도라는 말이냐?"

적아는 자신이 곧 하게 될 말로 인해서 마학사가 더 놀랄 것을 예상하고 씁쓸한 표정을 지었다.

그런데 마학사는 방금 전에 적아가 했던 말을 생각해 내고 벌써 표정이 굳었다.

"해란화가 확장을 했다고 말했느냐?"

"네, 개업 한 달 만에 좌우의 기루 다섯 곳을 사들여서 담을 헐고 증축을 하더니 기녀를 칠백여 명으로 보강하고 하루 손님 이천여 명을 받아들이고 있어요."

"허어……."

마학사는 기가 찬지 입을 벌린 채 말을 잇지 못했다.

기녀 칠백여 명에 하루 손님 이천여 명을 받아들이는 어마어마한 규모라는 것이 어떻게 생겼을지 도대체 머릿속에서 그려지지가 않았다.

그는 한참 만에야 입을 열었다.

"그게 누구 솜씨냐?"

"천절가인의 재능이 구 할이고 나머지 요리 솜씨라든지 천절가인 측근들의 힘이 보태졌어요. 소녀는 그녀를 본 적이 없으나 소문으로는 그녀의 미모가 옥봉검신과 더불어 쌍벽을 이룬다고 하더군요."

"천절가인이 누구냐?"

"해란화인데 기루 해란화하고 구별하기 위해서 사람들이 천절가인이라고 부르고 있어요."

"해란화, 아니, 천절가인이라면 대무영의 여자를 말하는 것이냐?"

"네, 바로 그 여자에요."

"복덩이로군."

마학사는 입맛을 다셨다. 말은 하지 않았지만 자신에게 그런 여자가 있으면 얼마나 좋을까 아쉬워하는 기색이다.

"음······."

마학사는 잠시 미간을 모으고 생각에 잠겼다가 술 한 잔을 마시고 나서 진지하게 말했다.

"낙수천화에 있는 우리 기루들이 벌어들이는 돈도 무시를 못하는데 해란화 때문에 타격이 크군."

"그렇지만 아버님께선 단목검객에게 더 큰 기대를 걸고 계시잖아요."

"그렇지. 아무쪼록 그래야 할 텐데······."

낙수천화에 있는 보천기집 휘하의 기루들이 벌어들이는 돈은 하루에 은자 오천 냥 이상이다.

그러나 대무영이 정상적으로 가동되면 하루에 수만 냥에서 수십만 냥을 벌어들이고, 장차 수백만 냥의 가치가 있을 터이니 잠자코 있을 수밖에 없다.

"일단은 두고 보기로 하자."

마학사는 냉철한 사람이고, 돈에 대해서는 더욱 그렇다. 그가 이런 결정을 내렸다는 것은 대무영에게 거는 기대가 굉장하다는 뜻이다.

*　　*　　*

대무영과 주지화가 무안을 출발하여 다시 산행을 시작한 지 한 달여가 흘렀다.

두 사람은 바야흐로 생애 최고의 나날을 보내고 있었다.

예전부터 대무영은 무술 연마하는 것을 밥 먹는 것보다 더 좋아했었다.

예전의 그는 매일같이 소림사나 무당파, 화산파를 통방구리 제집 드나들 듯이 하며 온갖 방법을 동원하여 무술을 조금씩 알음알음 배웠었다.

한꺼번에 다 배웠으면 그토록 궁둥이에서 비파소리 나듯이 세 군데 문파에 드나들지도 않았을 것이다.

그러나 지금 그의 머릿속에는 십단금의 동작과 내용이 가득 들어차 있으니 그저 연마만 하면 되는 것이다.

그것이 좋아서 죽을 지경이다. 더구나 지금은 아무 걱정 없이 무술 수련만 하면 된다.

하루 세끼 식사는 주지화 혼자서 온전히 도맡았다. 그리고 나머지 자질구레한 일들도 다 그녀가 하고 있다. 그녀 덕분에 대무영은 무술 수련에만 열중할 수 있다. 고맙기 짝이 없는 일이다.

지난달에는 하루에 두 시진 정도만 산행을 했었는데 지금은 한 시진으로 줄어들었다.

무조건 남쪽으로 가는 것이 목적이 아니라 십단금을 연마하는 것이기 때문에 전혀 서두를 필요가 없다. 그래서 대무영은 지금 이 시기가 더할 나위 없이 좋다.

주지화는 그녀 나름대로 최고의 시기를 보내고 있다. 과거에 그녀가 얼마나 고귀하고 품격 높은 생활을 영위했었는지는 모르지만, 그녀는 지난달에 이어서 지금이 자신의 생애에서 최고로 행복한 때라고 확신하고 있다.

하루 세끼 식사 준비를 해대고 대무영의 뒤치다꺼리를 해도 조금도 힘들다는 생각이 들지 않았다. 아니, 오히려 신바람이 났다.

기억을 되찾지 못해도 상관이 없다. 이렇게 단둘이서 평생 살게 되면 더 이상 소원이 없을 것 같았다.

처음에는 막연히 대무영이 자신의 낭군이라고만 생각했었는데, 그와 두어 달 넘게 한 몸처럼 생활하며 지내다 보니까 정말로 그를 사랑하게 되었다.

천하에서 대무영하고 비교할 만한 사람은 단 한 명도 없을 것 같았다.

산길에서 수백 장 산속에 위치한 곳에 커다란 바위들이 우뚝우뚝 서 있다.

그곳 바위 사이의 아담한 장소에 간이천막이 쳐 있고, 그 안에 대무영과 주지화가 오늘 하루 일과를 끝내고 몸을 누인 채 잠을 청하고 있다.

천막의 입구를 꼭 닫고 얇은 모포를 깔고 덮으니까 바람 한 점 들어오지 않아서 안온했다.

더구나 주지화는 커다란 체구의 대무영 품에 폭 파묻혀 있으니 포근하기 짝이 없었다.

사실 그녀는 하루 중에서 지금 이 시간을 제일 좋아하고 또 기다리고 있다.

그녀가 음탕하기 때문이 아니다. 이렇게 대무영 품에 안겨 있고 그를 만지작거려도 깊은 관계를 맺고 싶다는 생각 따윈 전혀 들지 않았다.

그냥 그의 품에 안겨 있는 것이 마냥 행복했다. 그와 함께 있기만 하면 무엇을 해도 가슴이 부풀고 행복했다. 그러나 어쩌다가 시야에서 그가 잠깐 사라지기라도 하면 불안해서 안절부절 어쩔 줄을 몰랐다.

대무영은 똑바로 누워서 지그시 눈을 감고 있으며, 주지화는 그의 왼쪽 어깨를 베고 옆으로 누워서 몸의 앞면을 그에게 밀착시킨 자세에서 한쪽 팔과 다리로 그의 몸을 칭칭 감듯이 안고 있다.

그녀의 풍만한 가슴이 그의 겨드랑이 쪽 가슴을 짓누르고 있어도 두 사람은 아무렇지도 않은 듯했다.

또한 그녀가 한쪽 다리를 배에 올리고 있으니 그녀의 은밀한 부위가 그의 옆구리 아래 골반에 밀착되어 있는데도 두 사람은 태연했다.

그러나 사실 대무영은 그녀가 품에 안기는 순간부터 음경이 발기해 버렸다.

또한 그녀는 그의 품에 안기자마자 가슴이 설레고 묘한 갈증을 느끼면서 마음이 이상하게 아슴아슴했다.

단지 매일 밤 그러다 보니까 이제는 만성이 되어 그러려니 하는 것일 뿐이다.

하지만 매일 먹는 밥이라고 해서 맛이 없을 리가 없다. 밥은 언제 먹어도 맛있는 법이다.

그런 것처럼, 매일 밤 똑같은 일을 겪어도 두 사람은 오늘이 전혀 새로운 것처럼 가슴을 설레면서도 한편으로는 태연하게 밤을 지새우고 있는 것이다.

"영랑 무공을 연마하는 거 보면 뭔가 조금 이상해."

주지화는 눈을 감고 말하면서 손으로 그의 가슴을 부드럽게 어루만졌다.

"뭐가?"

"뭔지는 잘 모르겠지만……."

주지화가 기억을 잃지 않았다면 자신이 이상하게 생각한 것을 일목요연하게 잘 설명할 수 있을 것이다. 그녀는 눈을 뜨고 상체를 세워 어둠 속에서 대무영의 얼굴을 내려다보며 눈을 깜빡거렸다.

"예를 들면… 내가 손가락으로 공격할 때……."

"천신지."

"그래. 천신지를 발출하는 것과 영랑이 백보신권 건너치기를 하는 것이 다른 것 같아."

"아……."

대무영은 그녀가 무슨 말을 하려는 것인지 알았다. 천신지는 내공을 바탕으로 발출하고, 건너치기는 외공기를 뿜어내는데 그것의 차이점을 느낀 모양이다.

그래서 대무영은 자신이 심법을 배운 적이 없으며 그래서 내공 대신 외공기를 뿜어내는 것이라서 다르게 보이는 것이라고 설명해 주었다.

"그랬구나."

주지화는 아예 자신의 몸 앞면을 대무영에게 절반쯤 얹고 그를 바라보며 불타는 듯한 입술을 종알거렸다.

"영랑은 왜 심법을 배우지 않았어?"

대무영은 잠시 가만히 있다가 자신이 태어나서 지금까지 살아온 일들을 담담하게 이야기해 주었다.

왜 심법을 배우지 않았는지를 말하려면 소림사와 무당파와 화산파에서 무공을 훔쳐 배웠다는 얘기를 해야 하고, 그러면 주지화는 왜 그랬느냐고 물을 테고, 그래서 아예 처음부터 다 얘기해 준 것이다.

대무영의 얘기가 끝나고 천막 안에는 한동안 고요한 적막이 흘렀다.

주지화는 대무영의 가슴에 엎드려 있었다. 그녀는 가늘게 몸을 떨면서 나직이 흐느꼈다. 그리고 두 팔로 대무영의 큰 몸뚱이를 힘껏 부둥켜안고 있었다.

대무영은 그녀가 왜 우는지 알 수 있었다. 그는 자신의 신세가 그토록 비참했는지 잘 실감이 나지 않는데, 그의 신세에 대해서 듣는 사람들마다 한결같이 그녀 같은 반응을 보였었다.

주지화는 그러고도 한참이나 더 울었다. 기억을 잃었으나 인간의 감성은 살아 있다.

또한 대무영을 사랑하기 때문에 자신이 겪은 것보다도 더 슬픔과 가여움이 배가되었다.

이윽고 울기를 마친 주지화는 몸을 일으켜 단정하게 무릎을 꿇고 앉았다.

그리고는 해말간 얼굴에 차분하고도 결연한 표정을 떠올리고 대무영을 굽어보았다.
"나는 앞으로 죽을 때까지 영랑을 곁에서 지켜줄 거야. 어느 누구라도 영랑의 머리카락 한 올이라도 건드리는 자가 있으면 지옥 끝까지 쫓아가서라도 죽이고 말겠어."
"화야······."
 대무영은 평소하고는 전혀 다른 그녀의 모습에 몸을 일으켜 그녀를 마주보고 앉았다.
 주지화의 눈에서 이슬처럼 영롱한 눈물이 방울방울 흘러내렸다.
"나는 이제부터 오로지 영랑을 위해서만 살겠어. 영랑의 말이라면 무엇이라도 거역하지 않을 거야. 영랑이 죽으라면 죽고 먹으라면 먹을 것이고 자라면 자겠어."
 대무영은 가슴이, 아니, 심장이 칼로 찌른 듯 찌르르 전율하는 것을 느꼈다.
 뿐만 아니라 온몸에서 샘물처럼 물기가 배어나오는 듯한 느낌이 들었다.
"나는··· 영랑 거야. 그러니까 이제부터는 영랑의 그림자가 되겠어."
"화야."
 대무영은 자신도 모르게 가슴이 떨리는 것을 느꼈다. 그는 이날까지 살아오면서 어느 누구에게도 이런 고백과 맹세를 받아본 적이 없었다.

해란화를 사랑하고 있지만 그녀하고는 많은 대화를 나눌 기회가 없었다.

그리고 소연에게는 죄스럽다는 감정 외에는 아무것도 품고 있지 않았다.

그는 아란과 청향, 북설, 용구 등에게 자신의 마음을 열었다고 생각했었다.

그런데 그게 아니었다. 그는 그들에게 마음을 다 열지 않았던 것이 분명했다.

왜냐하면, 지금 이 순간 주지화에게 감동하여 마음의 문이 활짝 열리고 있는 것을 생생하게 느끼고 있기 때문이다. 그녀가 그의 마음속으로 들어온 것이다.

주지화는 더 말하지 않았다. 지금까지 말한 것이면 족하다. 무슨 말을 더 할 것이 남아 있겠는가.

대무영은 두 손을 뻗어 그녀를 부드럽게 가슴에 안고 조용히 중얼거렸다.

"나도 너하고 똑같이 하겠다."

"영랑……."

그는 조금 더 힘주어 그녀를 안았다.

"고맙다, 화야."

"아아… 영랑……."

주지화는 온몸이 녹아내리는 것 같은 기쁨을 맛보면서 그의 품속으로 파고들었다.

대무영과 주지화는 새 날을 맞이했다.

어제와 똑같은 날이지만 두 사람에겐 명백하게 어제 아침하고는 다른 날이었다.

두 사람은 밤사이에 육체적으로는 아무런 일도 없었으나 마음이 하나가 되었다.

두 사람은 지난밤에 감정적으로 크게 격동하였지만 그 감정이 육체적으로까지는 이어지지 않았다.

만약 둘 중 어느 한 사람이라도 육체적인 경험이 풍부했다면, 아니, 몇 번이라도 그런 적이 있었다면 지난밤에 한 몸이 될 수도 있었을 것이다. 지난밤에는 충분히 그러고도 남을 분위기였었다.

그러나 두 사람은 그저 감격한 마음으로 평소보다 서로를 더 꼭 끌어안고 잤을 뿐이다.

그것만으로도 두 사람은 정사를 백 번 한 것보다 더한 몸과 마음의 합체를 느꼈다.

두 사람이 유일하게 하루 중에 길을 가는 시각은 점심식사를 하고 난 후인 미시(未時:오후2시)에서 신시(申時:오후4시) 사이다.

지금 두 사람이 가고 있는 곳은 형산의 동쪽 산비탈로 그리 험하지 않으며 전방에는 망망대해의 파도 같은 구릉이 끝없이 펼쳐져 있었다.

대무영은 구 년여 전에 고향을 떠나서 소림사가 있는 하남성 숭산으로 향할 때 이 길로 갔었다. 배를 타면 편하게 갈 수 있는데 뱃삯이 없어서 그야말로 산을 넘고 강을 건너 문전걸식을 하면서 걸어서 갔었다.

그의 고향인 호남성 상수 하류의 정항은 이곳에서 직선거리로 이천오백 여리나 멀리 떨어져 있다.

호북성의 남부지역과 호남성의 북부지역은 마치 천하의 강과 호수를 죄다 모아놓은 것처럼 강과 호수가 많은 곳이다. 여북하면 땅보다는 물이 많겠는가.

다각다각…….

두 사람을 태운 말은 그리 험하지 않은 산길을 바쁘지 않게 천천히 걸어가고 있다.

점심식사를 배불리 먹은 두 사람은 따사로운 양광이 쏟아지는 봄날의 호젓한 산길을 나른한 표정으로 반은 졸고 반은 깬 채 가고 있는 중이다.

말이 매우 영리해서 산길을 알아서 가고 있으므로 구태여

고삐를 잡을 필요도 없다.
 그러나 대무영은 항상 자세가 흐트러지는 법이 없다. 상체를 꼿꼿하게 세운 채 눈을 반개하고 전방을 주시하고 있으며, 주지화는 언제나 그렇듯이 그의 허벅지에 앉아 두 다리를 앞으로 길게 뻗고 눕듯이 앉은 자세다.
 말은 가다가 풀을 뜯기도 하고 먹기를 마치면 또다시 느릿느릿 산길을 간다.

 ―낙수 강물 위에 두둥실 흘러가는 꽃다운 내 청춘아.
 처량한 내 신세는 캄캄한 밤중에 사공 없는 쪽배로다.
 한겨울이 춥지 않고서는 어찌 봄이 따스하겠느냐마는
 우리네 봄은 과연 언제 오려는가―

 그때 눈을 감고 자는 줄 알았던 주지화가 한손을 들고 이리저리 휘저으면서 낙수천화의 노래를 낭랑하게 불렀다. 아무도 없는 산속에서 새소리와 함께 들으니 구성지면서도 흥겨웠다.
 대무영이 이따금 그 노래를 부르는 것을 듣고는 그녀도 배워 버린 것이다.
 지금은 대무영보다 그녀가 낙수천화의 노래를 더 좋아해서 틈만 나면 부르고 있다.

노래를 부르고 난 주지화가 궁둥이를 옴찔거렸다. 진작부터 발기해 있던 대무영의 음경이 조금 빗나갔기에 자세를 바로 잡는 것이다.

은연중에 그녀는 음경이 항상 자신의 둔부 계곡 사이로 들어와서 은밀한 부위를 찌르고 있어야 안심이 된다고 생각하는 것 같다.

그게 잘되지 않자 그녀는 직접 손을 뻗어 단단한 음경을 잡고 제대로 위치를 잡고는 다시 노래를 불렀다.

언뜻 이해하기 어려운 행동인 듯하지만, 늘 같은 자세에 같은 환경에 있다가 그것이 조금 어긋나면 뭔가 불편함을 느끼는 것과 같은 이치다.

"아… 화야. 너……."

대무영은 그녀가 최초로 자신의 음경을 손으로 잡고 만지작거리니까 더욱 크고 단단하게 발기하자 움찔 놀랐다.

"영랑 아파?"

"그게 아니고……."

"그럼 다시 잘해볼게."

그러더니 그녀는 궁둥이를 살짝 들고 다시 손을 뻗어 음경을 만지작거리면서 더 좋은 자세와 위치를 잡느라고 한동안 끙끙거렸다.

대무영은 얼굴이 벌개져서 그녀의 뒤통수를 보며 어떻게

그림자가 되리라 261

할까 궁리하다가 그녀가 자세를 바로 잡자 궁리하는 것을 그만두었다.

음경의 위치를 제대로 잡은 것이 흡족한 듯 주지화는 둔부를 움찔거리면서 계속 노래를 불렀다.

대무영은 그녀의 노래를 들으면서 민망함을 없애려고 주위를 둘러보다가 문득 또다시 소연의 일이 생각났다.

불사이자사(不思而自思). 소연에 대해서는 생각하지 않으려고 해도 저절로 자꾸만 생각이 났다.

그만큼 그녀에게 죄책감을 크게 느끼고 있다는 뜻이다. 또한 그 정도로 대무영의 마음이 티 없이 순수하다는 의미이기도 하다.

그의 몸은 이곳에서 주지화와 하루 종일 함께 지내고 있지만 마음은 소연 곁에 놔두고 온 것 같았다. 몸은 가볍지만 무거운 마음은 남소현 광명루에 두고 왔다.

第四十三章
최악의 참패

그때 말이 멈췄다. 그래서 또 풀을 뜯는가 생각했다. 그런데 그게 아니었다.

전방 오 장쯤에 두 사람이 우뚝 서 있는 것을 발견한 말이 본능적으로 멈춘 것이다.

대무영은 귀가 매우 밝은데 그들이 나타나는 기척을 전혀 느끼지 못했다.

대무영보다 고수인 주지화조차도 눈을 감은 채 계속 노래를 부르고 있을 뿐이다.

나타난 두 사람은 한 쌍의 남녀이며 의외로 꽤 젊은 청년과 여자였다.

　남자는 이십대 후반의 나이에 훤칠한 키와 딱 벌어진 어깨, 약간 각진 턱과 시커먼 구레나룻을 기른 강인해 보이는 인상이며 일신에는 붉은색과 검은색이 절반씩 섞인 경장을 입었다.

　여자는 이십대 초반쯤 되어 보였고, 화려한 꽃무늬 비단옷에 땅에 끌리는 긴 치마를 입었다.

　눈이 번쩍 뜨일 만큼 아름다운 용모인데, 특이한 것은 눈매가 아주 검어서 우수에 젖은 듯하고, 콧날이 매우 오뚝했으며 살결이 너무 희고 투명해서 마치 속이 훤히 내비칠 것만 같았다.

　남자는 어깨에 한 자루 검은 봉(棒)을 메고 있으며 여자는 괴춤에 둘둘 말린 새카만 색의 채찍을 매달고 있었다. 봉과 채찍이 두 사람의 무기인 것 같았다.

　대무영은 원래 말이 없는데다가 낯선 사람에게 먼저 말을 거는 성격이 아니라서 이런 뜻밖의 상황에서도 묵묵히 두 사람을 응시하기만 했다.

　대무영은 그들이 마학사가 보냈거나 아니면 개인적으로 자신을 찾아온 도전자일 것이라고 짐작했다.

　그런데 그들이 출현하는 것조차 모르고 있었으니 대단한 고수일 것이라고 나름 경계했다.

그러나 두 사람의 시선은 대무영이 아니라 앞에 앉은 주지화에게 고정된 채 움직이지 않았다.
 그래서 대무영은 두 사람이 자신이 아니라 어쩌면 주지화에게 볼일이 있는 것일지도 모른다는 생각이 들었다.
 주지화는 여전히 낙수천화의 노래를 부르면서 한손을 이리저리 흔들고 있다. 그러다가 흥이 났는지 궁둥이를 들썩거리기까지 했다.
 "사매."
 그때 앞을 가로막고 서 있는 남녀 중에서 청년이 조용하지만 굵직한 목소리로 입을 열었다.
 주지화의 노랫소리가 뚝 그쳤다. 그녀는 부스스 눈을 뜨고 전방을 바라보고 나서 의아한 표정으로 상체를 비틀어 대무영을 돌아보았다.
 "영랑 아는 사람이야?"
 "모르는 자들이다."
 "흥! 그럼 죽여야지."
 주지화는 싸늘한 얼굴로 차갑게 냉소했다.
 "아니, 내가 하겠다."
 대무영은 상대가 만만치 않은 것 같아서 자신이 나서려는데 주지화는 손바닥으로 그의 가슴을 지그시 눌렀다.
 "영랑은 잠깐만 기다리고 있어. 곧 돌아올게."

휘익!

그녀는 대무영이 말릴 새도 없이 마상에서 곧장 전방의 두 사람에게 쏘아갔다.

그 순간 대무영은 와락 불길한 예감이 엄습했다. 조금 전에 낯선 청년이 주지화를 '사매'라고 불렀던 것이 갑자기 생각난 것이다.

그녀를 '사매'라고 불렀다는 것은 청년이 그녀의 사형이며 이들은 같은 사문의 제자라는 뜻이다. 객지에서 사형제간이 만났으면 반가워야지 어째서 불길한 예감이 드는 것인지 모를 일이다.

피잉! 핑!

주지화는 상대를 얕본 것이 분명하다. 그녀는 쏘아가면서 청년과 화의녀를 향해 천신지를 발출했다.

스읏—

그러나 남녀는 선 채로 불쑥 수직으로 솟구쳐 올라 천신지를 가볍게 피해 버렸다.

창!

주지화는 본능적으로 상대가 고강하다는 것을 감지하고 즉각 옥봉검을 뽑아 초식을 펼쳤다.

짜아아—

그녀조차도 기억하지 못하는 사문의 절정검법이 무의식중

에 무시무시하게 전개되었다.

 그저 한 차례 옥봉검을 그어댄 것 같은데 한꺼번에 여섯 줄기의 새파란 검기가 비늘, 즉 검린(劍鱗)이 되어 번개처럼 빠르게 뿜어졌다.

 그것은 대무영으로서도 난생처음 보는 신기에 가까운 수법이었다.

 대저 저와 같은 엄청난 공격을 피하거나 막아낼 인물은 한 명도 없을 것 같았다.

 그러나 허공으로 나란히 솟구친 남녀는 자신들을 향해 각기 세 줄기씩 쏘아오는 검린을 보고서도 전혀 놀라지 않을 뿐만 아니라 오히려 반격에 나섰다.

 청년이 어깨에 멘 봉을 잡으면서 주지화를 향해 마주쳐 오고, 여자는 상체를 슬쩍 흔들어 옆으로 바람처럼 미끄러지듯이 비켜나면서 자신에게 쏘아오는 세 줄기 검린을 간단하게 피했다.

 따따땅!

 청년은 어느새 봉을 휘둘러 쏘아오는 세 줄기 검린을 퉁겨내고는 오히려 주지화를 향해 공격을 퍼부었다.

 쉬이이—

 대무영은 청년이 봉을 휘두르는 동작이 너무 빨라서 눈으로 보는 것조차 불가능했다.

단지 그의 봉이 어느새 주지화의 왼쪽 어깨를 내려치고 있는 것을 발견했을 뿐이다.

'저런 빠르기가 존재하다니……'

대무영은 자신이 청년하고 싸우면 십 초식도 버티지 못할 것이라는 생각이 들었다.

카카카카캉!

주지화는 다급하게 몸을 비틀면서 옥봉검을 떨쳐 청년의 봉을 막아냈다.

그런데 청년은 그녀의 어깨를 한 차례 내려쳤을 뿐인데 옥봉검이 막아내는 소리는 다섯 번이나 울렸다.

옥봉검이 혼자서 소리를 냈을 리가 없다. 청년의 공격은 한 번처럼 보이는 다섯 차례였던 것이 분명하다.

굉장했다. 청년이 봉을 휘두르는 동작이 보이지도 않을 뿐더러 한 번의 공격인 줄 알았더니 실상 다섯 번 공격이었다는 것은 대무영하고는 격이 다르다는 뜻이다. 대무영은 도저히 그렇게 하지 못한다.

대무영이 봤을 때 주지화는 청년의 봉 공격을 막고 피하느라 정신이 없는 상태다.

그녀는 최초의 천신지와 그 다음 여섯 줄기 검린 공격을 연이어서 펼친 직후 순식간에 열세에 처했는데 언제 봉에 가격을 당할지 위험하기 짝이 없는 상황을 맞이했다.

신위인 주지화를 이토록 짧은 순간에 궁지로 몰아넣고 있
는 청년은 최소한 신위 이상의 실력이 분명하다.
 신위는 쟁천십이류의 세 번째 등급이다. 그러므로 신위 위
등급이라면 절대와 천무뿐이다.
 하면 청년이 절대나 천무의 수준이라는 얘기가 된다. 신위
를 궁지에 몰아넣는 인물이 있다니, 대무영은 눈으로 보면서
도 쉽사리 믿어지지 않았다.
 그러나 생각은 거기까지다. 그는 이미 마상을 박차고 어깨
의 동이검을 뽑으면서 청년을 향해 곧장 쏘아갔다.
 우웅—
 동이검이 뽑히는 소리가 마치 용의 울음소리, 즉 용음(龍
吟)처럼 울려 퍼졌다.
 그는 온힘을 끌어올려 동이검에 모으고 유운검법 중에서
가장 강력한 삼 초식 구궁섬광을 전개하여 청년의 몸을 쪼개
어 갔다.
 구궁섬광은 검에서 섬광을 뿜어내는 검초식인데 대무영은
그것을 외공기로 발출하여 극쾌로 발전시켰었다.
 그는 지금까지 구궁섬광은 몇 번 전개했었지만 극쾌를 전
개한 적은 한 번도 없었다.
 그것을 사용할 만한 상대를 만나지 못했기 때문이었다. 하
지만 지금은 구궁섬광의 극쾌를 가장 극강하게 발휘해야만

하는 순간이다.

그가 지닌 무공 중에서 구궁섬광이 가장 빠르다. 그래서 청년을 죽이지는 못하더라도 주지화를 구할 수는 있을 것이라고 자신했다.

청년과 주지화는 허공에서 마주보는 자세로 천천히 하강하면서 싸우고 있는데, 그의 봉 공격은 여전히 대무영의 눈에 보이지 않을 정도로 빨랐다.

다만 봉이 흐릿하게 주지화의 온몸을 휘감고 있는 것만이 보일 뿐이다.

봉이 얼마나 빠른지 움직이는 것은 보이지 않고 봉이 만들어낸 공격의 띠가 주지화의 온몸을 뒤덮고 있는 것처럼 보였다.

그래서 그녀는 마치 수십 가닥의 검은 띠 속에 갇혀 있는 것 같았다.

청년은 동작을 크게 하지도 않았다. 단지 봉을 잡고 있는 오른손을 쭉 뻗어 팔꿈치와 손목만 까딱거리면서 움직이고 있을 뿐이다.

대무영의 동이검이 뿜어낸 구궁섬광의 흐릿한 섬광은 청년의 목을 향해 빛처럼 뿜어갔다.

얼핏 보기에 청년은 자신을 향해 쏘아오는 섬광을 발견하지 못한 것 같았다.

그렇기 때문에 그것에 대처할 생각 같은 것은 애당초 없는 듯했다.

하지만 그 정도 고강한 인물이 대무영의 공격을 모를 리가 없다

복병은 따로 있었다. 대무영은 섬광이 청년의 목을 짓뭉갤 것이라고 예상했는데 그 순간 생전 처음 듣는 기이한 음향이 허공을 떨어 울렸다.

쓰와아아―

대무영은 움찔 놀랐다. 기이한 음향이 자신을 향해서 믿을 수 없을 정도의 빠른 속도로 다가오고 있는 것을 들었기 때문이다.

검을 거두고 피해야만 하는 상황이다. 음향이 무엇인지 돌아볼 수도 없는 상황에서 반격은 꿈도 꾸지 못한다. 그러나 검을 거두면 주지화가 위험해지고 만다.

그는 어금니를 악물었다. 자신의 몸이 금강불괴지신이나 다름이 없다는 것을 믿고 검을 거두지 않았다. 우매할 수도 있지만 지금은 선택의 여지가 없다.

동이검이 뿜어낸 섬광이 청년의 목 한 자 거리까지 쇄도하고 있는 것이 보였다.

이제 찰나의 순간만 지나면 청년은 낭패를 당할 것이고 주지화가 승기를 잡을 터이다.

그런데도 청년은 주지화를 공격하는 것을 멈추려하지 않았다. 대무영에게 발출된 음향을 믿고 있는 것이 분명했다.

쩡—

"흐악!"

그 순간 대무영은 앞으로 쭉 뻗고 있는 오른팔 아래쪽 옆구리가 두 동강 나는 극심한 충격을 느끼며 자신도 모르게 처절한 비명을 터뜨렸다.

물론 그 순간 구궁섬광의 빛줄기는 뚝 끊어지면서 청년의 목은 짓이겨지지 않았다.

대무영의 몸이 가랑잎처럼 허공을 팽글팽글 돌면서 날아가고 있었다.

그는 몸이 두 쪽으로 쪼개지는 고통과 함께 날아가는 도중에 청년의 봉이 주지화의 오른쪽 어깨를 가볍고 짧게 내려치는 것을 발견했다.

"악!"

주지화의 뾰족한 비명을 들으면서 대무영은 언덕 아래 풀숲으로 곤두박질쳤다.

'안 돼……'

몸뚱이가 나무와 바위에 마구 부딪치면서 아래로 구르는 와중에 그는 내심 처절한 심정이 되었다.

한적한 산길을 가고 있다가 어째서 이런 청천벽력 같은 일을 당하는 것인지 모를 일이다. 도대체 저 낯선 남녀는 누구라는 말인가.

콰다다다―

그는 가파른 산비탈을 쏜살같이 구르는 것을 멈추려고 두 팔을 허우적거려서 아무 것이나 붙잡았다.

"으윽……"

나무의 밑동을 붙잡고 겨우 멈춘 그는 조금 전에 무엇인가에 적중당한 옆구리가 끊어지는 것처럼 아파서 저절로 신음이 새어 나왔다.

그런데 오른손에 쥐고 있던 동이검은 어디로 날아갔는지 보이지도 않았다.

그러나 주지화를 구해야 한다는 생각이 너무나 간절하기에 아픔은 극복할 수 있었다.

쑤와아아―

바로 그 순간 조금 전에 그의 옆구리를 강타했던 바로 그 음향이 머리 위에서 터졌다.

대무영은 두 팔로 나무 밑동을 붙잡은 자세에서 본능적으로 그 음향이 들려온 곳을 쳐다보았다.

피해야 하는데도 그것이 무엇인지 확인해야 한다는 본능이 먼저 작용했다.

언덕 위쪽 허공에서 화의녀가 한 마리 봉황처럼 사지를 벌린 자세로 날아오며 대무영을 향해 오른손의 채찍을 쏘아내고 있는 모습이 보였다.

조금 전에 대무영의 옆구리를 갈긴 것은 화의녀의 채찍이었던 것이다.

한낱 가죽으로 만든 채찍이 무쇠처럼 단단한 대무영의 몸을 가격하여 그토록 지독한 고통을 느끼게 하다니 믿어지지 않는 일이다.

그나저나 화의녀의 채찍은 이미 대무영의 반 장까지 쇄도하고 있는 중이다.

무려 삼 장 길이에 이르는 채찍의 뾰족한 끝이 향하고 있는 곳은 대무영의 머리다.

조금 전의 고통을 비추어 봤을 때 저기에 적중되면 머리가 박살 나고 말 것이다.

만약 음향이 들리자마자 어디론가 몸을 날렸으면 지금보다는 피하기가 수월했을 터이다.

순간 대무영은 잡고 있던 나무를 두 손으로 힘껏 미는 것과 동시에 사력을 다해서 몸을 굴렸다.

쾅!

바로 그때 머리 위에서 폭음이 터졌다. 방금 전까지 그가 붙잡고 있던 나무가 채찍에 맞아서 산산조각 부서지고 있는 광경이 구르고 있는 그의 눈에 얼핏 띄었다.

다시 눈길을 돌리자 화의녀가 계속 날아오면서 그를 향해 재차 채찍을 떨치는 것이 보였다.

가파른 산비탈은 나무와 크고 작은 바위들로 이루어졌는데, 그녀는 나뭇가지와 바위 꼭대기를 살짝 살짝 디디면서 추격하고 있었다.

그러면서 대무영하고의 거리를 줄곧 삼 장 이내로 유지하고 있었다.

채찍의 길이가 삼 장이니까 그 거리에서는 자유자재로 공격할 수 있는 것이다.

쓰와아앗!

산비탈 아래로 맹렬하게 굴러가고 있는 대무영은 또다시 채찍이 쏘아오는 음향을 들었다.

하지만 구르고 있는 중이라서 어디에서 어떻게 채찍이 쏘아오는지 알 수가 없다.

그렇지만 채찍이 그의 몸 어딘가를 겨냥하고 쏘아오는 것만은 분명하므로 이대로 있다가는 당하고 만다.

휘익!

아래로 굴러 내리던 그는 갑자기 몸에 불끈 힘을 주어 오른쪽으로 틀었다.

퍽!

몸을 틀자마자 바로 옆에서 둔탁한 음향과 함께 낙엽이 튀어 올랐다.

그는 지금 자신이 처해 있는 절박한 상황이 도무지 믿어지지 않았다.

이 상황이 한 편의 악몽을 꾸는 것만 같았다. 주지화와 함께 맛있는 점심식사를 한 후에 느긋하게 길을 가고 있는 중에 마상에서 깜빡 잠이 들었을지도 모른다.

그래, 어쩌면 이건 꿈일 게다. 현실에서는 이런 어처구니없는 일이 일어날 수가 없는 것이다.

아무리 뒤로 자빠져도 코가 깨진다고는 하지만 이건 말도 되지 않는 경우다.

뻑!

"으악!"

그러나 꿈이 아니다. 꿈이라면 이처럼 엄청난 고통이 생생하게 느껴질 리가 없다.

대무영은 등짝에 마치 만근 바위가 떨어진 것 같은 극심한 충격을 느끼고 처절한 비명을 질렀다. 그가 이런 식의 애간장이 끊어지는 듯한 비명을 지르는 것은 태어나서 처음 있는 일이다.

옆구리에 이어서 등에 채찍을 적중당한 그는 꼼짝하지 못하고 사지를 늘어뜨렸고, 몸은 저절로 스르르 산비탈 아래로 미끄러졌다.

온몸에 힘이 빠지는 것은 고사하고 무지막지한 고통 때문에 꼼짝할 수가 없다.

세상에 이런 극심한 고통이 존재한다는 사실을 그는 지금 처음 깨달았다.

그런데도 머릿속에는 자신의 고통보다도 주지화가 처해 있을 상황이 더 걱정스러웠다.

어젯밤에 주지화는 목숨을 걸고 대무영을 지켜주겠다고 맹세했으며, 그도 그러겠다고 함께 약속을 했었다.

그런데 채 하루도 지나기 전에 서로를 지켜주지 못할 상황에 처해 버리고 말았다.

참으로 하룻밤의 맹세라는 것은 이처럼 어처구니없고 허무하기 짝이 없는 것이다.

'화야……'

산비탈 아래에 이르러 미끄러지는 것이 멈춘 대무영은 엎어진 자세로 어떻게든지 일어나려고 꿈틀거리며 내심 쓰라리게 주지화를 불렀다.

그러나 지금은 주지화가 문제가 아니다. 이렇게 항거불능인 상태에서 화의녀가 다시 한 번 채찍질을 가한다면 그는 이번에야말로 죽음을 면치 못할 것이다.

지금까지 공격한 것으로 봐서는 화의녀가 그를 죽이지 않을 이유가 없다. 당연히 그를 죽일 것이다.

그는 아직 꿈과 야망을, 아니, 창공으로 날아오르기는커녕 날개를 미처 펼쳐보지도 못했다.

그런데 이런 산중에서 죽어야 하다니 너무나 억울해서 눈물이 솟구칠 것만 같았다.

그러나 그것보다도 주지화를 보호하지 못한 것이 미안하고 죄스러워서 가슴이 갈가리 찢어질 지경이다.

"버러지 같은 놈."

그런데 그때 바로 옆 그의 머리 위에서 싸늘한 여자의 중얼거림이 들렸다.

대무영은 목소리의 주인이 화의녀라고 생각했다. 그녀는 대무영에게 마지막 손을 쓰지 않았다.

아니, 어쩌면 곧 손을 쓸지도 모른다. 그를 죽이기 전에 치욕을 안겨줄 생각인지도 모른다. 그러기 전에 무슨 수를 강구해야만 한다.

대무영은 끌어올릴 내공이 없으므로 단지 손만 쓰면 외공기가 뿜어진다. 그것이 지금 이런 상황에서는 그의 최후의 희망이다.

그러나 과연 옆구리와 등에 엄청난 충격의 채찍을 두 대나 맞고서도 초식을 발휘하고 외공기를 발출할 수 있을지는 의문이다.

툭—

"너 같은 놈이 감히 사매처럼 지체 높은 분과 함께 돌아다니다니 정말 치욕적이다."

화의녀는 엎어져 있는 대무영의 옆구리를 발끝으로 툭 건들면서 더러운 오물에게 말하듯이 중얼거렸다.

대무영은 처음 채찍에 맞은 곳을 화의녀가 발로 살짝 건드렸는데도 온몸이 조각나는 것처럼 고통스러웠다. 갈비뼈가 완전히 으스러진 것이 분명했다.

"으으……."

그는 일부러 이빨 사이로 처절한 신음을 흘리면서 지금 자신이 항거불능이라는 표현을 온몸으로 하면서 천천히 화의녀 쪽으로 고개를 돌렸다.

"그 대가로 이 자리에서 네놈의 머리통을 짓밟아 으스러뜨려서 죽여주마."

화의녀가 한쪽 다리를 들어 올려 대무영의 머리 쪽으로 가져가는 것이 보였다.

휙!

순간 화의녀 쪽에 있던 대무영의 오른손이 번개같이 빠르게 움직였다.

확!

"앗!"

그의 손이 화의녀의 종아리를 잡는 것 같더니 벌떡 상체를 일으키면서 초식을 발휘하며 위쪽으로 훑었다.

십단금 중 한 수법인 와념수(渦捻手)이며 말 그대로 소용돌이처럼 비트는 수법이다.

와념수를 십 성까지 완성하면 강철이라고 해도 종이처럼 비틀어서 찢어발길 수가 있다.

"아앗!"

순식간에 대무영의 손이 화의녀의 긴 치마 속으로 솟구쳐 올라가서 종아리부터 무릎에 이어 허벅지 깊숙한 곳까지 순식간에 쓰다듬듯이 오르며 와념수를 전개하자 그녀는 찢어지는 듯 날카로운 비명을 터뜨렸다.

사실 화의녀는 쟁천십이류의 제이등급인 절대다. 위로 단 한 사람 천무를 제외하고는 강호의 모든 인물을 벌레처럼 여기는 절대적 존재다.

그런 그녀가 한순간 방심을 하여 버러지 같은 놈에게 물리고 말았다.

하지만 그 버러지는 보통 버러지가 아니다. 짓밟혀도 버둥거리면서 최후의 발악을 하고, 한 번 물리면 반드시 지독한 상처를 남기는 독종 버러지다.

대무영 버러지가 최후의 발악으로 오른손을 뻗은 곳에는 그녀가 그의 머리를 짓밟으려던 오른발이 있었고, 그는 앞뒤 가릴 것 없이 자신에게 주어진 마지막 기회를 절대로 저버리지 않았다.

그의 손은 그저 종아리부터 허벅지까지 순식간에 쓸어 오르면서 살을 비틀어 버렸다. 와념. 소용돌이처럼 회오리치면서 쥐어짜고 비튼 것이다.

그가 십단금을 채 일 성도 연마하지 못했기에 이 정도지, 아니면 화의녀는 오른발이 완전히 으스러져서 불구가 되고 말았을 것이다.

화의녀는 대무영이 절대로 항거불능이라고 판단하고 완전히 방심하고 있었다.

그런 상황에서의 급습은 그야말로 속수무책이다. 당할 수밖에 없는 것이다.

"아악!"

대무영의 손이 순식간에 거슬러 올라 허벅지 가장 깊숙한 곳 어딘가를 움켜잡았을 때 화의녀는 처절한 비명을 터뜨리고 말았다.

대무영은 아무 곳이나 움켜잡은 상태에서 화살처럼 상체를 일으키는 기세를 빌어 빙글 두 발을 허공으로 띄워 무릎으로 그녀의 옆머리를 쳐 나갔다.

뻑!

"크억!"

그러나 화의녀는 절대다. 예상치 않았던 급습에 한 번 당했을지언정 두 번은 당하지 않는다. 그녀는 왼발을 들어 그대로 대무영의 가슴팍을 걷어찼다.

대무영은 입에서 핏물을 뿜으면서 허공으로 지푸라기처럼 날아갔다.

화의녀는 얼굴이 해쓱해져서 급히 자신의 아랫도리를 내려다보았다.

속은 치마에 가려져서 보이지 않지만 그녀가 보고 있는 사이에 치마가 시뻘겋게 피로 물들고 있었다.

휙!

당황한 그녀가 급히 치마를 걷어 올리자 참담한 모습이 적나라하게 드러났다.

그녀의 오른발은 종아리부터 허벅지까지 피투성이다. 피가 철철 흘러 치마와 바닥을 적시고 있었다.

치마를 더 걷어 올린 그녀의 안색이 더욱 창백해졌다. 입고 있던 속곳이 없어졌다.

하지만 다행히 소중한 부위는 다치지 않았다. 속곳과 함께 음모가 뭉텅 뜯겨 나갔을 뿐이다.

천만다행으로 대무영의 손이 닿는 순간 발로 걷어찬 것이 그녀를 살렸다.

그게 아니었으면 옥문이 완전히 뜯겨져서 그녀는 여자구실을 하지 못하는 석녀(石女)가 됐을 것이다.

"이놈을······."

핏줄이 내비칠 정도로 백옥처럼 흰 그녀의 얼굴이 붉게 달아오르며 분노로 일그러졌다.

그리고 우수에 찬 듯한 검은 눈매에는 지독한 살기가 폭발할 듯이 이글거렸다.

휘익!

그녀는 슬쩍 어깨를 흔들어 대무영이 날아간 방향으로 빠르게 쏘아갔다.

"정(淨)아, 가자."

그때 이곳에서는 보이지 않는 언덕 위쪽에서 청년의 목소리가 들렸다.

하지만 화의녀는 듣지 못한 듯 계속 쏘아가다가 한곳에서 신형을 멈추었다.

"막내에게 그를 죽이지 않겠다고 약속했기 때문에 그를 죽이면 안 된다."

화의녀가 멈춘 곳은 낭떠러지 끝이다. 그곳에 서서 아래를 내려다보고 있는데 청년의 말이 다시 들려왔다.

"그를 죽이면 막내도 자결하겠다고 한다."

핏발이 곤두선 화의녀의 눈에 낭떠러지 이십여 장 저 아래 얕은 개울에 거꾸로 볼썽사나운 모습으로 쳐 박혀 있는 대무영의 모습이 보였다.

최악의 참패 285

그는 머리와 상반신을 물속에 처박고 있는데 꼼짝도 하지 않는 것이 죽은 것 같았다.

그러나 지금 화의녀에겐 그를 죽이지 말라고 당부하던 청년, 즉 사형의 말이 뇌리에 남아 있지 않았다.

이미 죽어버린 놈을 살릴 수는 없다. 아니, 그런 생각은 추호도 없다.

휙!

그녀는 대무영에게 차가운 일별을 던지고는 몸을 돌려 언덕 위를 향해 쏘아갔다.

놈이 죽었더라도 몸뚱이를 갈가리 찢어발기고 싶지만 참기로 했다.

이미 사형의 말을 거역했으니 이 정도에서 물러나는 것이 좋을 것 같아서다.

그녀는 언덕을 쏘아 오르면서 놈이 죽었다는 사실을 사형에게 어떻게 설명해야 할지 생각했다. 그녀의 치마는 점점 시뻘겋게 피로 물들고 있었다.

대무영은 계류 한가운데 솟은 바위에 배가 걸쳐진 자세로 머리와 상반신이 물에 잠겨 있었다.

꼼짝도 하지 않던 그의 몸이 바위에 붙어서 자라는 젖은 이끼 때문에 스르르 바위에서 미끄러지더니 몸이 뒤집혀지며 계류에 빠졌다.

첨벙!

그리고 잠시의 시간이 흘렀다.

"푸아!"

순간 그는 두 손으로 힘껏 바닥을 박차고 상체를 벌떡 일으켰다.

"우욱! 컥컥컥……."

개울 한가운데 퍼질러 앉았으나 물을 많이 먹었기에 거칠게 기침을 해댔다.

그러나 기침을 하는 바람에 화의녀에게 당한 세 군데 상처가 부서지는 것처럼 고통스러웠다.

채찍에 오른쪽 옆구리와 등 한복판, 그리고 발길질로 가슴팍을 걷어채었는데 상체의 뼈라는 뼈가 모조리 부러지고 박살 난 것 같았다.

"영랑—!"

그때 저 위쪽에서 주지화의 애처로운 외침이 터졌다.

"으으……."

그렇지만 대무영은 대답을 할 수가 없는 상황이다. 말은커녕 입을 열려고만 해도 이루 형언할 수 없는 고통이 온몸을 휩쓸었다.

"영랑! 대답 좀 해봐……."

주지화의 애절한 외침이 다시 들려오다가 중간에 뚝 끊어졌다. 청년이나 화의녀가 주지화가 말을 하지 못하도록 손을 쓴 것 같았다.

대무영은 일어나려고 안간힘을 써봤으나 몸이 전혀 말을 듣지 않을 뿐더러 죽을 것처럼 고통스러웠다.

그러다가 앉아 있는 것조차 힘들어서 상체가 뒤로 느릿하게 쓰러졌다.

이대로 물에 누워버린다면 움직일 힘조차 없어서 익사하고 말 것이다.

무릎밖에 차지 않는 물이지만 사람은 코와 입만 물에 잠기면 그것만으로 충분히 죽을 수 있다.

그런데도 그는 뒤로 쓰러지는 것을 멈출 기력조차 남아 있지 않았다.

아예 몸이 조금도 말을 듣지 않았다. 몸이 잘못돼도 크게 잘못된 것이 분명했다.

턱……

그런데 천만다행으로 등이 돌에 닿았다. 아마도 개울에 있는 바위인 듯했다.

참담한 신세에 처해 버린 대무영을 살린 것은 우습게도 하나의 바위다.

사위가 조용했다. 저 위에서는 아무 소리도 들리지 않았으며 주지화의 애절한 외침도 더 이상 들리지 않았다.
 '화야……'
　대무영은 자꾸만 감기려는 눈에 힘을 주어 위쪽을 쳐다보려고 애쓰다가 결국 뜻을 이루지 못하고 고개를 툭 떨어뜨리고 말았다.

第四十四章
추악한 세상

대무영이 다시 정신을 차렸을 때는 한밤중이었다.

도대체 얼마나 시간이 흘렀는 지 알 수가 없다. 몇 시진이 지난 것인가. 아니면 며칠이 흐른 건가.

대무영은 눈을 껌뻑거리다가 본능적으로 고개를 들고 위를 쳐다보았다.

"으으……."

단지 고개를 약간 드는 간단한 동작을 하는데도 목뼈가 부러지는 것처럼 고통스러워 그의 입에서 저절로 신음이 새어 나왔다.

"흑……."

결국 그는 고개를 반도 들지 못하고 꺾으면서 다시 혼절의 늪으로 가라앉고 말았다.

* * *

대무영이 다시 깨어났을 때에는 낮이다.

그리고 장소가 바뀌었다. 그가 두 번째 혼절했을 때는 계류 한가운데였는데 지금은 평평하고 단단한 바위에 반듯한 자세로 누워 있었다.

그리고 그가 눈을 떴을 때 낯익은 한 사람이 그를 물끄러미 내려다보고 있었다.

'마학사……'

그 순간 대무영이 어떤 표정을 지었는지는 모르지만 마음만은 무척 반가웠다.

그는 마학사가 자신을 발견하고 또 구해주었다는 사실을 깨달았다.

꼼짝도 할 수 없는 상황에서 마학사를 만났으니 일단 목숨은 건질 수 있게 되었다.

혼절한 상태에서 계류 한가운데에 계속 있었으면 죽는 줄도 모르는 사이에 익사할 수도 있다.

아니면 산중에서 맹수에게 발견된다면 고스란히 잡아먹힐 수밖에 없는 처지였다.

아마도 계류에 혼절해 있는 대무영을 이곳으로 옮긴 사람이 마학사였을 것이다.

대무영은 몸을 일으키려고 했으나 여전히 꼼짝도 할 수 없었고 겨우 입만 벙긋거렸다.

"마노가 날… 찾아냈군……."

예전의 거지 모습하고는 달리 깨끗한 회의장삼을 입고 있는 마학사는 여느 때와 다름없이 자상한 미소를 지으며 그의 옆에 책상다리로 앉았다. 그의 미소가 대무영의 마음을 편안하게 만들었다.

"꼴이 형편없군."

말은 그렇게 하면서도 마학사는 마치 친할아버지처럼 대무영의 머리를 쓰다듬었다.

대무영은 쓰디쓰게 미소를 지었다.

"비참한 심정이오."

그는 말을 하고 나서 고개를 돌려보려고 있으나 여전히 움직여지지 않아서 눈동자를 굴려 주위를 살펴보았다.

나무와 산봉우리가 보이는 것으로 미루어 이곳은 그가 당한 장소 근처인 것 같았다.

"주위를 좀 둘러보았소?"

"주지화를 찾는 겐가?"

"그렇소."

강호에서는 옥봉검신의 이름을 우지화라고 알고 있는데 마학사가 주지화라고 부른 것을 대무영은 미처 알아차리지 못하고 넘어갔다.

또한 대무영이 주지화하고 함께 있었다는 사실을 마학사가 어떻게 알고 있는 것인지에 대해서도 간과했다. 대무영으로서는 지금 제정신이 아닌데다가 또 그럴 경황이 없었기 때문이다.

"노부가 이곳에 왔을 때 그녀는 보이지 않았네."

그 악몽 같은 일이 있고 나서 얼마나 시간이 흐른 것인지, 지금이라도 추격하면 그들을 찾아낼 수 있을지 마음이 답답해졌다.

"음… 도대체 내가 얼마나 이곳에서 정신을 잃고 있었는지 모르겠군."

"닷새네."

"닷새……."

혼절한 상태에서 무려 닷새나 지났다고 한다. 그렇다면 주지화를 데려간 남녀를 추격하는 것은 무리다.

지금도 대무영은 마학사가 정확하게 '닷새'라고 말하는 것에 주의하지 않았다.

"내 몸은 어떻소?"

대무영이 착잡한 심정으로 묻자 마학사는 역시 부드러운 미소를 지었다.

"엉망이야."

"나으려면 얼마나 걸릴 것 같소."

"노부 생각에 자네는 다시는 검을 잡지 못할 것 같네."

"……."

대무영은 그 말이 무슨 뜻인지 얼른 알아듣지 못했거나 마학사가 우스갯소리를 하는 것이라고 생각했다.

마학사의 말은 재기불능이라는 뜻인데, 대무영은 설마 자신이 그런 지경에까지 이르렀을 리가 없다고 생각했으며, 그렇게 말하는 마학사가 빙그레 미소를 짓고 있었기 때문에 농담으로 여긴 것이다.

"농담하지 마시오."

"허허… 노부는 농담을 좋아하지 않네."

"……."

대무영의 얼굴이 슬쩍 굳어졌다.

"자네 상체의 뼈란 뼈는 모조리 으스러졌으며 내장과 장기, 심지어 혈맥까지도 조각조각 끊어지고 파괴된 상태네. 상상이 가나?"

"그래서……."

"현재 자네는 자력으로는 절대로 치료가 불가능한 상태이고, 용한 의원이 몇 년 동안 심혈을 기울였을 경우에 운이 좋으면 다시 움직일 수는 있을 게야. 하지만 무공을 펼칠 수는 없을 걸세."

대무영은 미간을 찌푸렸다. 여전히 마학사가 심한 농담을 하는 것이라고 생각했다.

"그따위 농담은 듣기 싫소."

마학사는 대무영을 몹시 아끼므로 그의 말이라면 달이라도 따다가 줄 정도였었다.

마학사는 조금 답답하다는 표정을 지었다.

"어떻게 해야 내 말을 믿겠나?"

그는 엄청난 공을 들이고 있던 대무영의 추락에 어느 누구보다 실망하고 있지만 내심을 드러내지 않고 있었다. 대무영을 위해서가 아니라 자신의 실망감을 겉으로 드러내는 것이 싫었기 때문이다.

"자네에게 두 번의 채찍질과 한 차례 발길질을 가한 여자는 쟁천십이류의 두 번째 등급인 절대일세."

"……"

"그녀의 채찍질은 한 자 두께의 철벽을 종잇장처럼 찢어발기는 위력이 실려 있네."

대무영은 눈을 부릅떴다. 화의녀가 절대라는 사실에 놀랐으며, 지금까지 마학사가 한 말이 농담이 아니라는 사실을 깨닫고 더욱 놀랐다.

절대라면 군주인 대무영보다 무려 여섯 등급이나 높다. 대무영의 진짜 실력이 왕광쯤 된다고 해도 그보다도 네 등급이나 높은 것이다.

화의녀가 절대였으며 마학사의 말이 농담이 아니라는 것에 충격을 받은 대무영은 자신이 화의녀에게 어떻게 당했는지를 마학사가 눈으로 본 것처럼 알고 있다는 사실을 또다시 새겨서 듣지 못했다.

"그녀는 일편절(一鞭絶) 나운정(羅雲淨)이라고 하네. 역시 쟁천십이류의 절대인 그녀의 사형 무상절(無上絶) 사도헌(司徒軒)과 더불어 강호에서는 무일쌍절(無一雙絶)이라고 불리고 있지."

"무일쌍절……."

대무영은 정신이 나간 듯한 얼굴로 중얼거렸다. 들어본 적 없는 별호지만 굉장할 것 같은 느낌이 들었다.

"그들이 무엇 때문에 화야를 데리고 간 것이오?"

"옥봉검신 주지화는 무일쌍절의 막내 사매야."

"사매라고……?"

마학사는 홀홀 웃었다.

"사형과 사저가 자신들의 막내 사매를 데려가는 것은 이상한 일이 아니지."

대무영은 그들 남녀 중에 청년, 즉 무상절 사도헌이 주지화에게 사매라고 불렀던 것을 이제야 이해했다.

"어차피 못 쓰게 된 자네지만 가련한 심정에서 하나만 더 가르쳐 주겠네."

큰 충격을 받은 대무영은 초점 없는 멍한 눈으로 마학사를 쳐다보았다.

"그들 세 명은 이 땅에서 가장 위대한 인물을 사부로 모시고 있다네."

대무영은 눈을 껌뻑거리다가 잠시 후에야 마학사가 말한 '이 땅에서 가장 위대한 인물'이라는 말에 대해서 곰곰이 생각하다가 움찔 몸을 떨었다.

"천무……."

"그렇다네. 강호에서는 그들 세 명을 천무의 제자들이라는 뜻에서 소삼천(小三天)이라고 부르는데 막내 옥봉검신이 바로 삼천(三天)이지."

"아……."

너무나도 충격적인 사실이다. 대무영은 주지화가 쟁천십이류의 영원한 절대자 천무천인 독고천성의 제자였다는 것은 터럭만큼도 생각해 본 적이 없었다.

마학사는 주지화에 대해서 알고 있는 놀라운 사실이 하나 더 있으나 구태여 말할 필요를 느끼지 못했다.

어쨌든 대무영은 주지화에 대해서 비로소 걱정을 덜 수 있게 되었다.

무일쌍절이 그녀의 사형과 사저라고 하니 주지화를 해치지는 않을 것이다.

오히려 주지화는 제자리를 찾아갔으니 어쩌면 사부 천무천인이 그녀의 잃은 기억을 되찾아줄지도 모르는 일이다. 그에겐 충분히 그럴 능력이 있을 것이다. 그렇다면 그것은 주지화에게는 좋은 일이다.

그런데 대무영은 그제야 의문이 생겼다. 마학사가 주지화의 신분을 이미 알고 있었던 것은 차치해 두고서라도, 이곳에서 벌어졌던 일들을 어떻게 이토록 자세히 알고 있는 것인지 짐작조차 못할 일이다.

더구나 그는 거대한 형산의 어느 계곡에 처박혀 있는 대무영을 정확하게 찾아내지 않았는가. 그것은 아무리 마학사라고 해도 납득이 가지 않는 일이다.

"당신……"

"내가 잠시 잘못 생각했었네."

대무영이 그 궁금증에 대해서 말하려고 하는데 마학사가 먼저 입을 열었다.

"뭘… 말이오?"

"무일쌍절이 설마 자네를 이 지경으로까지 만들 줄은 예상하지 못했어. 그게 실수야."

"그 말은… 그들이 화야를 데려갈 것이라는 사실을 당신이 예상하고 있었다는 말이오?"

마학사는 또 대무영의 머리를 쓰다듬었다.

"노부가 무일쌍절에게 자네와 주지화가 있는 장소를 가르쳐 주었네."

"뭐어……"

대무영은 온몸의 피가 모조리 정수리로 몰리는 듯한 경악과 분노를 동시에 느꼈다.

"네놈이 감히……"

그는 잡아먹을 듯이 이글거리는 사나운 눈빛으로 마학사를 쏘아보며 당장에라도 요절을 낼 듯 분기탱천했으나 그저 몸뚱이만 움찔거릴 뿐이다.

마학사는 대무영의 머리를 쓰다듬던 손을 들어서 자신의 수염을 태연하게 만지작거렸고, 얼굴에는 미소가 사라지지 않았다.

"무영 네가 계속 도전자들을 물리쳐 줘야 돈을 벌 수 있는데 네 옆에서 주지화가 계속 훼방을 놓으니까 도전자를 보낼 수 없지 않았느냐?"

"그래서……"

"그래서 주지화를 네 옆에서 떼어놓으려고 무일쌍절에게 너희들의 위치를 알려주었지."

대무영의 머리가 들썩였고 심장이 목구멍 밖으로 튀어나올 것만 같았다.

"이 추악한 늙은 놈……."

"주지화만 데려가고 네 몸에는 손끝하나 대지 말라고 당부했었는데 무일쌍절 그 어린 것들이 노부의 말을 건성으로 들었어."

대무영은 가슴이 부글부글 끓고 심장이 터질 것 같으며 두 눈을 너무 부릅떠서 눈가가 찢어져서 피가 흐를 정도로 분노했다.

"무영아, 나는 정말 너에게 기대가 컸었다. 언젠가는 네가 제우나 황도 정도의 등급까지는 오를 것이라 기대하고 투자를 많이 했었다."

사실 마학사가 투자한 것은 없다. 지금까지 대무영을 이용해서 이미 수백만 냥의 은자를 벌었을 뿐이다. 다만 돈을 더 벌지 못하게 된 것이 아쉬운 것이다.

"그런데 이렇게 초라한 몰골이 되다니 실망이구나."

"이 개자식… 더러운 네놈의 껍질을 벗기고 심장을 씹어 먹고야 말겠다… 으으……."

대무영은 입에서 거품을 뿜으며 발광했으나 그저 고개만

끄떡거릴 뿐이다.

"자고로 호랑이는 죽어서 가죽을 남긴다고 했다. 그러므로 너도 마지막 가는 길에 노부에게 군주라는 가죽이나 남기도록 해라."

대무영은 머릿속이 하얗게 탈색할 정도의 극심한 분노 때문에 마학사가 무슨 소리를 지껄이는지 귀에 하나도 들어오지 않았다.

"이제 끝났소?"

그때 가까운 곳에서 우렁찬 목소리가 들리더니 곧 대무영의 시야에 한 인물의 모습이 나타났다.

"그래, 이제 자네 좋을 대로 하게."

마학사는 일어나서 뒤로 물러나고 그 대신 새로 나타난 인물이 누워 있는 대무영 옆에 우뚝 섰다.

그자는 삼십대 후반의 나이에 코 밑과 입 주변에 짧은 수염을 길렀으며 특이하게 허리 뒤쪽에 비스듬히 도 한 자루를 차고 있는데 용맹스러운 용모에 매우 귀족적인 기품을 지니고 있었다.

원래 용맹과 귀족적인 기품은 한 몸에 겸비하기 어려운 법인데 이 인물은 그게 꽤나 적절히 조화를 이루었다.

대무영은 핏발이 곤두선 눈을 굴려서 마학사의 모습을 쫓으며 상처 입은 야수처럼 으르렁거렸다.

"이놈 마학사야! 어딜 가는 것이냐? 내가 곧 네놈을 죽일 테니 기다려라……!"

마학사는 뒷짐을 지고 벙글거렸다.

"무영아, 노부는 너를 여기 있는 이 친구에게 은자 오백만 냥에 팔았다. 그러니 네가 노부를 죽이는 것은 내세에서나 가능하겠구나."

"뭐라고?"

분기탱천한 대무영은 기가 막혀 버렸다. 마학사가 길게 설명하지 않아도 알 것 같았다.

놈은 죽어가는 대무영을, 아니, 그의 군주 등급을 은자 오백만 냥을 받고 팔아넘긴 것이다.

"이… 이놈… 마학사……."

대무영은 너무 분노하여 온몸을 푸들푸들 떨었고 두 눈과 코, 입에서 피가 쏟아졌다.

마학사는 뒷걸음질 치면서 천천히 물러나다가 생각났다는 듯 말했다.

"아! 네가 죽고 나면 낙양 낙수천화의 눈엣가시인 해란화도 노부가 정리할 게다."

대무영은 온몸의 피가 다 머리로 몰려서 아예 돌아버릴 것만 같았다.

"흐으으… 내가 죽어 귀신이 돼서라도 마학사 네놈을 용서

하지 않겠다······."
"허허헛! 기꺼이 기다려주마."
마학사는 껄껄 웃더니 바위에서 훌쩍 뛰어내려 대무영의 시야에서 사라졌다.
"흐으으··· 이 찢어죽일 놈······."
대무영은 머릿속이 하얀 가운데 오로지 시뻘건 분노의 불기둥만 치솟는 느낌이었다.
"대명이 쟁쟁한 단목검객을 이런 식으로 대면하게 되어 안타깝게 생각하오."
그때 대무영 옆에 서 있는 인물이 제법 예의를 갖추어 정중하게 말문을 열었다.
순간 대무영은 화드득 정신이 들었다. 동시에 이대로 죽는 것은 너무 억울하며 무슨 수를 써서라도 살아야겠다는 간절한 심정이 골수에 사무쳤다.
무조건 살아야만 한다. 그의 나이 이제 겨우 십구 세. 앞길이 구만 리 같이 창창한데 죽기에는 너무 아깝다.
할 일이 태산처럼 많으며 낙수천화의 해란화와 가족들을 마학사로부터 구해야만 한다.
또한 기필코 살아서 마학사에게 이 복수를 하지 못하면 죽어서도 눈을 감지 못할 것이다.
그뿐 아니다. 그를 이 지경으로 만든 일편절이라는 계집을 찾아가서 반드시 복수를 해야 한다.

　남자도 아니고 일개 계집에게 이런 꼴이 됐다는 것이 너무나 치욕적이라서 머릿속에 떠올리는 것조차 치가 떨리는 일이 아닌가.

　스웅—

　대무영 옆에 서 있는 인물이 허리 뒤쪽에서 천천히 도를 뽑아들었다.

　"나는 이름 없는 무명소졸에게 죽고 싶지 않소."

　퍼뜩 정신을 차린 대무영은 짐짓 강인한 표정을 지으며 그 인물을 쏘아보았다.

　이자가 아무런 반응을 하지 않는다면 대무영은 한 가닥 걸고 있던 기대마저 날려 버리고 만다. 그는 절망의 순간에 실낱같은 희망을 찾아내려는 것이다.

　"나는 안휘성에 사는 철심도(鐵心刀) 진명군(秦明君)이라고 하오."

　대무영은 그런 별호를 들어본 적이 없으나 그가 예절을 중시하는 체 하기를 좋아하는 인물이라고 간파했다.

　진명군이라는 자가 정말로 예절을 중시했다면 다 죽어가는 군주 단목검객의 목숨을 은자 오백만 냥이나 주고서 사는 파렴치한 행위는 하지 않았을 것이다. 그러므로 그는 가식투성이의 인간이 분명했다.

대무영은 생존할 수 있는 최후의 한 가닥 희망의 줄을 결사적으로 붙잡았다.

이런 상황에서는 진명군이 예절을 중시하는 인물인 것보다는 중시하는 체 하는 인물인 것이 훨씬 다루기 좋다. 그것을 최대한 이용해야 한다.

또한 그러기 위해서는 대무영도 예의 바르게 행동해야 하며 그래서 진명군의 예절을 불러일으켜야만 한다.

"철심도 진명군. 귀하에게 부탁이 있소."

진명군은 도를 움켜쥐고 들어 올리려다가 강한 눈빛으로 대무영을 쏘아보았다.

이제 도를 휘둘러 대무영의 목을 자르기만 하면 자신이 꿈에도 그리던 군주가 될 수 있는데 대무영이 자꾸 시간을 끄는 게 성가셨다.

"무엇이오?"

"귀하도 강호의 무인이라면 이렇게 누워서 손가락조차 꼼짝하지 못하는 사람을 죽이는 것은 께름칙할 것이오. 그렇지 않소?"

그 말이 진명군의 얄팍한 자존심을 건드렸다. 그는 뺨을 씰룩였다.

"그렇소."

"그렇다면 최소한 나를 일으켜 세운 다음에 제대로 죽이도록 하시오. 같은 무인으로서 그 정도는 해주는 것이 예의가 아니겠소?"

 만약 이 근처에 마학사가 있다면 대무영의 말을 듣고 당장 달려와서 훼방을 놓을 것이다.

 하지만 불행 중 다행으로 마학사는 달려오지 않았다. 대무영을 진명군에게 넘긴 것으로 자신의 할 일을 다 했다고 여기고 떠난 듯했다.

 과연 대무영의 간곡한 말은 진명군의 얄팍한 자존심을 건드린 것 같았다.

 원래 진짜 군자보다는 군자인 체 하는 자가 얄팍한 예절을 갖추려고 애쓰는 법이고 그래서 다루기 쉬운 법이다.

 척!

 진명군은 왼손을 대무영의 겨드랑이에 넣고 가볍게 일으켜 세웠다.

 그러면서 오른손의 도를 움켜잡은 채 대무영이 무슨 수작을 부릴지도 모르는 것에 경계했다.

 대무영은 진명군이 일으켜 세울 때 온몸이 갈가리 찢어지고 부서지는 처절한 고통을 느꼈으나 어금니를 악물면서 간신히 견뎠다.

 진명군은 제대로 서지 못하고 비틀거리는 대무영의 한쪽 어깨를 잡은 채 약간 이맛살을 찌푸렸다.

"설 수나 있겠소?"

죽이려는 자가 곧 죽을 자를 걱정한다.

만약 서 있지 못한다면 대무영으로서는 영원히 기회가 없을 것이다.

온몸의 뼈가 녹아내리는 것 같은 느낌이지만 그는 초인적인 인내심으로 두 다리를 바들바들 떨면서 견뎠다.

그러면서 재빨리 힐끗 뒤돌아보았다. 그가 서 있는 뒤쪽은 천야만야 까마득한 낭떠러지였다. 저기에 떨어지면 뼈조차 추리지 못하고 죽고 말 것이다.

"이제 아무것도 요구하지 마시오. 나는 더 이상 기다릴 인내심이 없소."

진명군이 냉담한 표정으로 중얼거릴 때 대무영은 자신과 진명군 사이 바닥에 한 자루 낯익은 검이 놓여 있는 것을 발견했다.

그의 검인 동이검이다. 그게 어째서 여기에 놓여 있는지 모를 일이다.

어쩌면 마학사가 우연히 발견하여 들고 왔다가 놓고 갔을지도 모른다.

진명군은 대무영이 온몸을 가련할 정도로 바들바들 떨면서도 돌바닥에 놓여 있는 동이검을 애처롭게 굽어보고 있는 것을 발견했다.

"훗! 검을 잡을 힘이나 있겠소?"

슥—

진명군은 최후의 자비를 베풀었다. 그는 동이검을 집어서 친절하게 대무영의 오른손에 쥐어주었다.

대무영이 검을 휘두르기는커녕 검을 들고 있을 힘조차 없다는 사실을 간파하고 베푸는 얄팍한 아량이다.

하지만 사실 그는 자신의 욕심을 채우려는 속셈이다. 저항하지 못하는 시체 같은 단목검객을 죽이는 것보다는 그래도 검이라도 쥐고 있는 상대를 죽이고 싶다는 생각을 즉흥적으로 떠올린 것이다.

챙!

대무영은 위험한 모험을 했다. 간신히 동이검을 쥐고 있을 수는 있으나 일부러 떨어뜨렸다.

자신에게 이처럼 아무런 힘도 없다는 것을 보여주기 위한 연극인 것이다.

하지만 진명군이 다시 동이검을 대무영의 손에 쥐어줄지는 의문이다. 그래서 위험한 모험인 것이다.

"잘 쥐어보시오."

그러나 그것이 먹혔다. 진명군은 가소롭다는 미소를 지으면서 다시 동이검을 주워 대무영의 오른손에 쥐어주며 당부하는 것을 잊지 않았다.

대무영은 동이검이 무거운 듯 간신히 잡은 채 아래로 축 늘어뜨리고 있었다.

그것은 연극이 아니다. 실제로 그에게는 동이검이 수만 근의 무게로 느껴져서 들어 올릴 힘조차도 없었다. 다만 간신히 잡고 있을 뿐이다.

그런데 이 지경에서 과연 동이검으로 진명군을 공격할 수 있을지가 의문이다.

"자, 준비하시오."

진명군은 마치 정상적인 상대를 공격하는 것처럼 진중한 표정으로 경고를 하며 수중의 도를 치켜들었다. 실로 가증스러운 놈이다.

'제발… 마지막 힘을……'

대무영은 굵은 땀방울을 비 오듯이 흘리면서 간절하게 기도했다.

쉬아악!

순간 진명군의 도가 벼락같이 대무영의 목을 비스듬히 베어왔다. 일견하기에도 범상치 않은 위력과 빠르기가 실린 도법이다.

땀이 대무영의 눈으로 들어가 따가웠다. 동이검을 쥐고 있는 그의 오른팔이 부들부들 떨렸다.

"크아앗—!"

순간 그는 맹수의 포효 같은 절규를 터뜨리며 혼신의 힘을 다해서 동이검을 휘둘렀다.
실제로 동이검이 허공을 가르는지, 아니면 팔만 움직이고 있는지, 그것도 아니면 그저 생각으로만 동이검을 휘두르고 있는 것인지 그는 전혀 느끼지 못했다.
부악!
그 순간 가슴이 화끈했다. 진명군의 도가 대무영의 가슴을 길고도 깊게 비스듬히 그었다.
대무영이 동이검을 휘두르려 하면서 상체를 약간 뒤로 젖히는 바람에 목이 잘리는 것을 모면한 것이다.
도에 가슴을 베이는 충격으로 대무영의 몸이 뒤로 둥실 떠오르며 밀려갔다.
상체가 뒤로 젖혀질 때 대무영은 진명군이 왼쪽 옆구리를 움켜잡고 있으며 그의 손가락 사이로 피가 뿜어지고 있는 것을 발견했다.
동이검이 기적적으로 움직여져서 그의 옆구리를 벤 것이다.
그러나 대무영은 자신이 곧 천길만길 낭떠러지로 추락할 것이라는 사실을 예감했다.
"이 개자식!"
그때 진명군이 오만상을 찌푸리며 득달같이 대무영에게

달려들며 도를 휘둘렀다.

위잉!

도가 맹렬하게 바람을 가르는 음향이 대무영의 얼굴 위쪽에서 들렸다.

그는 빠른 속도로 낭떠러지 아래로 추락하기 시작했다.

'추악한 세상이다…….'

『독보행』 5권에 계속…

이제부터 전자책은
이젠북

www.ezenbook.co.kr

새로운 세계가 열린다!

서현 『조동길』 남운 『개방학사』 백연 『생사결』
목정균 『비뢰도』 좌백 『천마군림』 수담옥 『자객전서』
용대운 『천마부』 설봉 『도검무안』 임준욱 『붉은 해일』
진산 『하분, 용의 나라』 천중화 『그레이트 원』

이름만 들어도 황홀할 정도의 별들의 향연!

이들의 "유료연재"가 시작됩니다!

검색창에 **이젠북** 을 쳐보세요! ▼ 🔍

촌부 新무협 판타지 소설
FANTASTIC ORIENTAL HEROES

『우화등선』, 『화공도담』의 뒤를 잇는
작가 촌부의 또 하나의 도가 무협!

무림맹주(武林盟主), 아미파(峨嵋派) 장문인(掌門人),
군문제일검(軍門第一劍), 남궁세가(南宮勢家)의 안주인.

그들을 키워낸 어머니-
진무신모(眞武神母) 유월향(柳月香)!

어느 날, 그녀가 실종되는데……

"하, 할머니는 누구세요?"

무한삼진의 고아, 소량(少兩)에게 찾아온 기이한 인연.

세상과 함께 호흡을 나눌 수 있다면(天地同息)
천하의 이치를 모두 얻으리라(天下之理得)!

이제, 천하제일인과 그녀가 길러낸
마지막 자손의 이야기가 펼쳐진다!

Book Publishing CHUNGEORAM
WWW.chungeoram.com

신풍기협 神風奇俠

FANTASTIC ORIENTAL HEROES

윤신현 新무협 판타지 소설

「수라검제」, 「태양전기」의 작가 윤신현
우직한 남자의 향기와 함께 돌아오다!

사부와 함께 떠났던 고향.
기다리는 친구들 곁으로 돌아온 강진혁은
사부의 유언을 지키기 위해 강호로 나선다.
반드시 돌아오겠다는 약속을 남기고.

"믿어라. 난 결코 허언을 하지 않는다."

무인으로 살 것인가, 무림인으로 살 것인가.
고민을 안고 나아가는 강진혁의 강호행!

**신의 바람이 불어와 무림에 닿을 때,
천하는 또 하나의 전설을 보게 되리라!**

Book Publishing CHUNGEORAM

유행이 아닌 자유추구 -
WWW.chungeoram.com

FANTASTIC ORIENTAL HEROES
백야 新무협 판타지 소설

2012년 겨울, 전율적인 무협이 찾아온다!
정통 무협의 대가, 백야.
이번에는 낭인의 이야기로 돌아오다!

「낭인천하」

어린 아들 둘을 이끌고 유주에 나타난 낭인, 담우천.
정체를 알 수 없는 낭인의 발걸음에 잠자고 있던 무림이 격동하기 시작한다.

앞을 가로막는 자, 베리라. 내 가족을 노리는 자, 처단하리라!

사랑하는 아내의 손을 잡는 그날까지
한겨울 매서운 삭풍을 뚫고
낭인의 무(武)가 천하를 뒤흔든다!

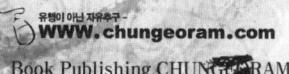
유행이 아닌 자유추구 -
WWW.chungeoram.com
Book Publishing CHUNGEORAM

김현석 현대 판타지 소설

전능의 팔찌

THE OMNIPOTENT BRACELET

「신화창조」의 작가 김현석이 그려내는
새로운 판타지 세상이 현대에 도래한다!

삼류대학 수학과 출신, 김현수
낙하산을 타고 국내 굴지의 대기업 천지건설(주)에 입사하다!

상사의 등쌀에 못 견뎌 떠난 산행에서, 대마법사 멀린과의 인연이 이어지고……

어떻게 잡은 직장인데 그만둘 수 있으랴!

전능의 팔찌가 현수를 승승장구의 길로 이끈다!

통쾌함과 즐거움을 버무린 색다른 재미!
지.구.유.일.의 마법사 김현수의 성공신화 창조기!

Book Publishing CHUNGEORAM

유행이 아닌 자유추구 -
WWW.chungeoram.com

獨步行
독보행

임영기 新무협 판타지 소설

FANTASTIC ORIENTAL HEROES

그날, 심산유곡에서 수련하던
한 명의 소년이 강호로 내려왔다.

모든 이가 소년을 비웃고,
모든 무사가 그를 깔봤다.

소년은 흔들리지 않는다.

"이 천하를 독보(獨步)하리라!"

한번 시작한 걸음, 결코 멈추지 않으리라.
**천하여! 무림이여!
대무영(大武英)이 간다!!**

무정철협

월인 新무협 판타지 소설

FANTASTIC ORIENTAL HEROES

「두령」, 「사마쌍협」, 「장흥관일」의 작가 월인
2013년 벽두를 여는 신무협이 온다!

삭초제근(削草制根)!
일단 손을 쓰면 뿌리까지 뽑아버렸다.

무정(無情)!
검을 들면 더 이상 정을 논하지 않았다.

그래서 나는 무정철협이 되었다.

진정한 협(俠)을 아는가!
여기 철혈의 사내 이한성이 있다!

「무정철협」

Book Publishing CHUNGEORAM

 유행이 아닌 자유추구 -
WWW.chungeoram.com

까불지마!

FUSION FANTASTIC STORY

무람 장편 소설

『태클 걸지 마!』의 무람 작가가
풀어내는 신개념 현대판타지 소설!

24살의 대한민국 청년, 강태영
타고난 병으로 인해 온몸의 근육이 힘을 잃어가는 그가 부모마저 잃었다!

"제기랄! 이 빌어먹을 몸뚱이!"

좌절하여 모든 걸 포기하려던 바로 그날,

짜르르릉! 번쩍!
강태영을 향해 떨어진 푸른 날벼락.
그리고 그가 눈을 떴을 때
그를 기다리고 있는 것은……

**날 비참하게 만들던 세상이여
더 이상 까불지 마라!**

Book Publishing CHUNGEORAM

유행이 아닌 자유추구 -
WWW.chungeoram.com

ALCHEMIST
알케미스트

FUSION FANTASTIC STORY 시아람 장편 소설

2013년, 또 하나의 현대물이 깨어난다.
현대에서 펼쳐지는 연금마법진의 진수!

인간 최초의 9서클을 이룩한 마법사 아스란.
죽음의 위기에서 그가 남긴 유지가
차원을 넘어 지구에 떨어진다.

일리미트 비블리어시카(Illimite bibliotheca)!

그 무한한 힘과 지식을 얻게 된 김창준.
3년 전으로 돌아간 날을 기점으로,
삶이, 인생이, 그의 희망이 바뀐다!

**현대에 강림한 진정한 마법사의 전설!
끝도 없이 세상을 향해 날개를 펼치다!**

Book Publishing CHUNGEORAM
유행이 아닌 자유추구 -
WWW.chungeoram.com